GCN文庫
放課後の迷宮冒険者
ダンジョン・ダイバー
～日本と異世界を行き来できるようになった僕はレベルアップに勤しみます～
著：樋辻臥命
イラスト：かれい
JN103000

クドー・アキラ
異世界と日本を行き来できる高校生。レア属性である紫の魔法を使う魔法使いで、Hなことに興味津々なお年頃。
ミゲル・ハイデ・ユンカース
アキラの友人で、チーム「赤眼の鷹（ホークバックス）」のリーダー。凄腕の戦士にして大の女好き。

「……魔法階梯第五位格(スペルオブフィフィス)、
…天頂の槍(ホライズンライトピラー)よ振り落ちよ」
──枝葉のような雷撃がいくつも『四腕二足の牡山羊(フォースアームゴート)』
の巨体や、周囲の地面へと突き刺さる。

スクレールはうなぎとタレの
かかったご飯を口に運ぶ。
「ふわぁあああああああ
あああ!?」

放課後の迷宮冒険者②
～日本と異世界を行き来できるようになった僕はレベルアップに勤しみます～

著：樋辻臥命
イラスト：かれい

GCN文庫

CONTENTS

プロローグ　神様たちのいるところ

いま僕は、神様のところに来ている。

神様のところにいるからっていって、別に召されたとかお亡くなりになったとかそういう死亡案件じゃない。きちんと生きてる。実は幽霊だったとかいうオチではないのでそこは安心して欲しい。

僕が現代世界と異世界を行き来するには、毎回必ずここに来なければならないのだ。要は経由地。神様への毎度毎度の挨拶は欠かせないのである。

そして、なんと今日は僕一人ではないのだ。スクレールも一緒。脱ぼっちである。

お休みの日に冒険者ギルド（ダイバーズ）に行って、さて今日はどうしようかとぶらぶらしてたところに、スクレールとエンカウント。彼女の「現代日本に行ってみたい」という希望を受け、こうして連れてきたというわけだ。

そんなスクレールさんはといえば、見たこともない場所に連れてこられたせいで辺りをしきりにきょろきょろ。まったくお上りさんの如（ごと）くである。これから現代日本に着いたらもっときょろきょろする羽目になるわけだけど。まあ僕も最初は似たようなものだったから口に出しては言うまいよ。

「ここがアキラの世界？」

「ここは神様のいるところだよ。まずは神様に了解を得ないといけないからね」

「アキラの神様だから、紫父神（しふしん）アメイシス様？」

「そうそう」

アキラの神様……なんか僕が信者みたいなニュアンスだ。いやまあ、御利益（ごりやく）があるかないかわからない神様より、現在進行形でお世話になっている神様だから全然文句はないけど。むしろ「信仰する？」って訊かれたら二つ返事で了承するし。霊験（れいげん）あらたかすぎて魔法まで使えるうえ、定期的にお土産も持ってきてるからお供え物もばっちりだ。

にしても、相変わらずここもよくわからない場所だ。

漫画や小説などの読み物で定番の真っ白な部屋の中とか、本がいっぱい積まれた書庫、なんの変哲もない海外のリビング風なお部屋などなど。プライベートビーチらしき場所のビーチチェアの上でくつろいでいる姿を見たときなんかは、眼科の予約まで考えたくらいだ。全然一定じゃない。まあこれに関してはいま神様がいるところに飛んでるんだと思うけど。

今日は書庫だったんだけど、そこの床で適当に横になって本を読んでいらっしゃる。ほんとグータラを絵に描いて、それが絵から抜け出してきたような感じ。一休さんもびっくりだ。

僕の神様に対する印象は……うん、近所のおじさんだ。金髪で、とてもワイルドなお顔をしているにもかかわらず、グータラしているうえやたらとフレンドリーであるため、どうしてもそんな印象でまとまってしまうのだ。

僕は自由気ままにしている神様に声をかける。

「神様ー。ちょっと戻ってきましたー」

「あ、晶くん、どうしたの？　何か忘れ物かな？」

「いえ、友達が日本に行ってみたいって言うんで連れてきたんです。確か前に大丈夫って言ってましたから、いいかなって」

「いいよー」

神様はそう言って、こちらを向いて笑顔で手を振ってくれる。

軽い。完全に「家に遊びに行っていい？」「いいよー」のノリだ。あまりに緩すぎる会話のせいで、スクレールは見事に固まっている。呼びかけても反応しない。イメージと現実のギャップが大きすぎたんだ。

やがて、やっと動けるようになったスクレールさんが呼びかけてくる。

「アキラアキラ、あの方が？」

「そう。アメイシスのおじさんだよ」

僕が優しくそう言うと、スクレールのジト目が極まる。

「……神様をおじさん呼ばわりは不敬。バチ当たり」

「え？　でも別にいいって言われてるし」

「うん。ぼくは別に構わないよ」

神様もそう言ってくれている。スクレールは当然しぶしぶな様子。

そんなやり取りも構わず、スクレールが神様に歩み寄って跪（ひざまず）いた。

「アメイシス様に、日々のお恵みへの感謝を」

スクレールがそう言うと、神様は寝転んだ状態から立ち上がって居住まいを正し、スクレールに応える。

「うむ。今後も、種族の神の言葉と約束を守り、実りのある生を」

「承知いたしました」

……なんか神様からすごく威厳が感じられる。いつもはゆるゆるダラダラなのに、一体どうしたのだろう。まるで別人だ。

「神様、なんかすごく神様っぽいです」

「だってぼく神様だし？　やっぱりこういうこと言わないといけないし？」

某チャラ男芸人のように、両手の人差し指を向けてくる神様。ノリがいいというか、とてもフランクでフレンドリーである。

神様とそんな軽いやり取りをしていると、やはりスクレールが僕に胡乱げなまなざしを向けてきた。

「………………」

「いやだって、ね？　いつもはあんな感じじゃないからさ」

「それにしたって限度がある。もっと敬って」

いつもこんな風に話しているからその辺は何とも言えない。というかきちんと敬ってるのでそこんところは安心して欲しい。というか神様がフランクなのは構わないのか。僕だけが改めないといけないのか。

「それで、彼女、晶くんの世界に行きたいんだね？」

「はい。お許しを頂ければ幸いです」

「アメイシス様、お願いします」

改めてお許しを求める僕たち。先ほど「いいよー」とは返事をもらったけれども、きちんと確認することは大事だ。「ヨシ！」はどんなときもいけない。大惨事につながりかねないからだ。

「構わないよ。でも、そのまま連れていくのはちょっとあれだね。ちょっといろいろやっておこうか。そうだね、まずは耳かな」

「どうするんです？」

「魔法を使えばいいよ。神様パワー神様パワー」

神様はおどけたようにそう言うと、軽く手を振った。

その動きは何かしたようには思えないほど、さりげない所作だった。

ふと見ると、スクレールの耳が人間種族の普通の耳に変化していた。

長くない。とんがってない。丸い耳だ。

「おお、すごい！」

「え？　え？　え？」

僕が思わず声を上げると、スクレールは何が起こったのかわからず周囲をきょろきょろ。

やがて、いつもは視界の端に映るはずの自分の耳が見えなくなったことに気付いたのか、困惑をさらに強めているらしい。

そんな様子を見た神様が、鏡を出してくれる。

「はいどうぞ」

「……一族の誇りが」

鏡を覗き込んだスクレールさんは、絶望の表情を見せる。まさにこの世の終わりが訪れたかのように蒼褪めており、その失意の程が窺える。やはり彼女たちにとって長い耳は一族のアイデンティティなのだろうか。まあ種族の名前も耳長族だし。

そんなスクレールの様子を見た神様は、ちょっと慌てたように言及。

「いや、変えたんじゃなくてそういう風に見せてるだけだから、ね？　心配しなくて大丈夫だから」

「そうなんです？」

僕は神様に訊ねつつ、スクレールの耳があった場所に手をさまよわせる。すると確かにそこには、彼女の長い耳の感触があった。先っぽがとんがってコリコリしてる。それは決して卑猥な意味ではないということをここに明記しておきたい。まる。

「ほんとだ。耳がある」

「勝手に触らない」

「触っていい？」

「…………いい」

なんなのだこのやり取りは。まあ一応事後報告とか事後承諾といった形で決着がついたけど。

「あとは服装だね」

神様はそう言うと、また軽く手を振った。

スクレールの服装が、いつものチャイナドレス風のものから大きく変化する。

頭には大きなかわいらしい帽子が載せられ、上はブラウスにネクタイ、下はスカートと、どことなくスクール風を意識した感じ。随分と可愛らしい恰好でまとまっていた。

……っていうか物凄く便利な技だ。これ、僕も使えるようになりたい。きっと天才マジシャンになれるだろう。

神様が、ぽんっという擬音と共に全身鏡を出してくれる。

それを見たスクレールが顔を明るくさせた。

「かわいい。アキラの服とは全然違う」

「いや僕のはこれ結構特殊な奴だから」

「それが一般的だと思ってた」

「それだとみんな探検隊に所属しちゃうことになるよ」

川口とか藤岡とかの名前が付くのとか、世界で不思議を発見するテレビ番組の関係者に

なってしまう。いまの僕ならアマゾンの奥地とか踏み込んだって全然余裕だろうけどね。感染症と寄生虫にだけは気を付けなきゃならないだろうけど。

「服はぼくからのサービスね」

「感謝いたします」

スクレールが神様に向かって腰を九十度に曲げ、頭を下げる。すごく恭しい。

でもまあ神様はそんなに気にしていない様子。

「あとは言葉とか文字とか、適当にわかるようにしておくから」

「神様神様。適当はよろしくないのでは？」

「大丈夫大丈夫。晶くんだって大丈夫だったでしょ？」

「いやまあ大丈夫でしたけどもね」

「ノリでイケるよ。晶くんのいる世界でも、ノリで外国に行って何とかなったとかよくあるでしょ？　それそれ」

もちろん「どれだよ」という言葉は呑み込んだ。実際それで大丈夫だった人はいるらしいし、僕もなんとかなったし。

ともあれ、スクレールのためにレクチャーの時間を取らないといけないので、僕たちは神様のいる場所を辞したのだった。

第12階層　現代日本へお出かけしよう

そんなわけで、僕は自分の部屋に戻ってきた。

僕の部屋の内装は……さして重要じゃないかな。

学習机があって、テレビがあって、タンスがあって、ノートパソコンが置いてあって、まあ特筆する部分はどこにもない、どこにでもよくある学生のお部屋である。

さてスクレールにレクチャー……の前に、まずは僕の服装を変えなければ。

現代日本でサファリルックなんてほとんどコスプレの領域ギリギリだ。ときどき泥んこにして洗濯に出すので、お母さんには毎度申し訳なく思う次第。

「ちょっと着替えさせて」

「わかった」

部屋の隅っこでそそくさと着替える。こうして異性が同じ部屋にいても、着替えになんら抵抗感がないのは、異世界を行き来したことでできた慣れだろう。特にスクレールとは、あれだ。冒険者（ダイバーズ）ギルドの洗い場でムフフなイベントがあったから、お互いそれほど意識することはない。

僕はブルーのパンツに白シャツというラフな恰好に着替える。

すると、スクレールはなぜか文句ありげな険しい表情を浮かべた。

「………こっちの服の方が似合ってる」

「まあ、あっちは動きやすくて汚れてもいい服みたいなものだから。普段はこっちを着てるし」

「そんなもの？」

「そんなものそんなもの」

「まともな美的センスを持っているのに変」

彼女にはよっぽどサファリルックが不評らしい。もはや伝統的と言っても過言ではないほど定着した服装なのに、なぜそれほど忌み嫌うのか。

僕が納得いかない気分になっていると、ふとスクレールが窓の外に目を向ける。

「どこを見ても家がいっぱい」

「そうだね。日本の……僕の国の都市部はどこもだいたいこうだよ」

スクレールから指摘されたのは、住宅地問題だ。もちろん彼女は、いっぱいあってすごいってニュアンスだったんだろうけども。この辺り、人口と土地面積が釣り合わないうえ、平地の少ない日本では仕方のないことだ。

ともあれ、僕の家で適当にレクチャーを行う。突然向こうの世界からこっちの世界に来たのだから、戸惑うことがいっぱいだ。あらかじめ教えておいてあげないと、色んなトラブルが舞い込んでくること請け合いである。特にトイレの使い方とかは重要だ。異世界も場所によっては水洗らしいけど、メジャーじゃないし。むしろ洋式便器はない。

あとはまあ、ぶっつけ本番で頑張るしかない。僕はそれで異世界でも何とかなったから、どうにでもなるだろう。

「あら？　外国のお友達？」

「そうそう。来たばっかりだからちょっと日本のことを教えてあげてるんだ」

「そうねえ。来たばかりなら、そうした方がいいかしらね」

「お世話に、なります」

「ええ。ウチの子をよろしくお願いね。これからお出かけ？」

「うん。いろいろ見て回ってくるよ」

「あらあらまあまあうふふふふ」と、緩い感じなお母さんとそんな会話をしながら、軽く説明する。いまの会話の中にもいろいろとツッコミどころはあったはずなのに、その辺り何も訊かないのは、お母さんのおっとり加減か、スルースキルを称えるべきか。まあ僕もいろいろ変わったお友達がいるからそれで耐性あるんだと思うけど。もちろんその筆頭は幼馴染み(おさななじ)のヒロちゃんなんだけども。

ちなみにスクレールにテレビを見せても、箱の中に人がいるというような、よくあるお決まりのやり取りはなかった。残念。

そんな風に、ちょっとテレビを見ていると、画面にヒーローと怪人が映し出された。

ヤシガニみたいな見た目の怪人は二メートル強あるのに対し、ヒーローはその三分の二くらいしか背丈がない。ちっこい。

『改造怪人！　貴様の悪行もこれまでだ！』

『ダイレッド！　ここで会ったがひゃくねん……』

『うるさいくらえ！　バァアアアアアアニング！　スマァアアアアアアッシュ！』

『お願いだからセリフは最後まで言わせてだガニィイイイイイイイイ!!』

ヒーローが漫画換算ほぼ二コマ程度の短さで、怪人を倒していた。妙な語尾の付いた言葉を叫んで爆発四散である。南無(なむ)。

うん。今日も日本は平和だ。

「アキラの家、すごく豪華」

「一応ごく普通の一般家庭なんだけどね」

「これでごく普通……この世界は生活水準がすごく高いと考察する」

スクレールさんは難しい言葉を使って、うんうん頷いている。まあ確かに異世界と比べればそうだろうね。異世界は魔法技術とかあるから今後に期待だ。発展した魔法技術とかファンタジー物の地雷の定番だけど、あの世界は神様がきちんとしてるから大丈夫でしょ。

そのあとは、外に出て実地となった。

住宅街だ。だけど、スクレールにはそれだけで、驚きが沢山だったのだろうね。目をキラキラさせていた。

「窓から見たけど、やっぱりすごい。大きな建物だらけ」

「向こうの世界の人には、やっぱりそう見えるんだね」

「うん。向こうにもっと大きな建物が見える」

「駅前だね。そっちになると二十階建てとかザラだから」

「二十階……」

この世界の驚異の建築技術を耳にして、スクレールは驚きで目を丸くしている。

「でも、こっちも百年、二百年前とかは、あっちとそんなに変わらなかったんじゃないかな？」

「そんなに速く変わるものなの？」

「実際こうだから。人間の欲には限りがないってことだね」

「人間は欲深い。本当に愚か」

スクレールがしみじみとした様子で頷く。

うむ。結局はそういう結論になってしまうのか。やはり人間の業はかくも深いものなのだろう。

そんな話をする中、スクレールがフリーダムに道を横断しようとする。

「スクレ、そっちは車道だから出ちゃダメだよ。車が通るから危ないんだ」

「車?」

「あ、うん自動車。見ればわかるよ」

やがて、自動車が走ってくる。それを見たスクレールは当たり前だけど目を丸くしていた。

「ものすごい勢いで走ってる。馬もいない」

「あれが自動車ね。燃料で車輪を動かして走ってるんだ」

「?・?・?　燃料を燃やすと車輪が回る?　どうして?」

「ええっとね」

僕には説明できないので、スマホを取り出して画像を見せる。『小学生でもわかる自動車のしくみ』だ。この手のメカニズムを改めて説明しろと言われると、結構難しい。

スクレールは目をキラキラとさせていた。

「……すごい世界。面白そう」

「僕たちにとっては普通だけど、異世界から来たらそう見えるんだろうね」

でも、確かに僕がもっと未来の世界に行ったとしたら、おんなじ反応になるんだろうね。空飛ぶ車とかあったら、間違いなく興奮するだろうし。

そんな風に、スクレールに逐一説明しながら駅前に向かって歩いていると、ふいにスクレールが僕の手を引っ張った。

「アキラアキラ。あそこにはなんのダンジョンがあるの？」

「……ダンジョンとな？」

ほのぼのしたお散歩の最中、なんか突然物騒な話になった。

ダンジョンなんて普通に生きてたら、ゲームの話でしか出てこないような言葉だ。

現代世界に突然ダンジョンが生まれたなんていう、ライトノベル定番のイベントはまだないはずだけど。

「スクレ、この世界にはダンジョンなんてないけど？」

「だってあそこにみんな入っていってる」

「あそこ?」

見ると、そこには地下鉄の入り口があった。

「いやいや地下の建造物とか、考えられるものは色々あるでしょうよ。どうしてダンジョンっていう答えに行き着いたの?」

「働き盛りの男たちが死んだ目で入っていく。絶対深度の高い階層があると推測する」

「いやいやいやいやいや」

うん。確かにこの時間は、まだ通勤時間に被(かぶ)るため、会社員たちがこぞって地下鉄を利用する。スクレールはそれを見たせいで、ここがダンジョンと勘違いしたのか。というかそうなると、大都市のいたるところにダンジョンがあることになる。まあ一部の地下鉄はダンジョンという不名誉な呼称を使われることもなきにしも非(あら)ずなんだけど。

「入ってみる? ダンジョンはないよ?」

「行ってみたい」

「じゃあ行こっか」

「うん」

スクレールが手を伸ばすように差し出してきた。

……これはまあ、あれだ。前にあったあれである。

僕はちょっとの気恥ずかしさを覚えながら、スクレールと手を繋ぐ。

「な、なんかデートみたいだね」

「違う」

「いや、でも」

「違う」

「…………」

そんなに頑なに否定しなくてもいいじゃないかと思うけど、スクレールさんは違うことにしたいらしい。ならなぜこうして手を繋ごうとするのか。こんなん完全に誤解を生む行為だろうに。僕みたいなのはちょっと優しくされただけでコロッとやられちゃうんだから、そこんとこ自重して欲しい限りである。

僕がそんなことを考えながら眉をひそめていると、スクレールは握った手に力を入れた。痛い。力ずくで黙らせるつもりらしい。もちろん僕はそれにあっさり屈したので、すぐに力は緩んだんだけど。

というわけで、僕はスクレールと二人でなんの用もない地下鉄に下りていった。

スクレールは新しい階層に踏み込むときのように、かなり警戒していたのは言うまでもないだろう。

なにも特筆することのない地下鉄観光が終わったあと、僕とスクレールは地上を走る電車を見上げていた。

「地下にあるのが、さっきのあれね。僕の世界はこれが色んなところを走ってるんだ」

「すごく便利。あれがあれば物をすぐに運べる」

「そうだね。やっぱり人類の発展は流通と共にあるんだろうね」

地下鉄では二、三駅分乗ってみて、また戻ってきてをやってこの状況だ。

スクレールさんの感想は「すごい速度」「人がいっぱい」などなど。距離感がまだわからないから輸送力の実感は薄いだろうけど、速度を体感できれば十分だろう。

とりま、駅前に着いた僕たちは金や貴金属類の買い取り専門店に入った。そんな場所で何をするかって？　ここには異世界の金貨を日本円に両替しに来たのだ。観光にはどうしてもお金がかかるのである。

……細かな手続きはどうしたかって？　そんなの魔法で有耶無耶にしたに決まってる。向こうは突然子供だけで入ってきたからびっくりしたみたいだけど、そんなのはほんの一瞬のこと。使った自分が言うのもなんだけど、魔法ってコワイね。

ともあれ、僕はほくほくである。

「ふふふ、諭吉さんがいっぱいだ……」

「アキラ、目がお金になってる」

「おっと、まずいまずい」

突然大金持ちになったせいで、心がお金に取り憑かれてしまったらしい。あんまりこういう裏技的なお金稼ぎは多用したくないのだけれど、まあ今日みたいな日ならいいよね。神様のお墨付きも貰ってるし大丈夫大丈夫。誰も損しない。うふふふふ。

そんなこんなで、駅前観光になったわけだけども。

「アキラ、あれは？」

スクレールが指さしたのは、朝っぱらからやたらと賑やかで騒々しいお店だ。開店直後には、朝一から並んでいた客が椅子の争奪戦を行うという、血で血を洗う大戦争。みんなお金がかかってるから仕方ないんだろうけど。

「あれは大人しか入れないギャンブルのお店だよ。お客さんはシーカー先生みたいな人がいっぱいいる。ちなみに僕たちは入れないよ。僕の世界はあっちの世界とは違って大人扱いは十八歳からだから」

「子供？」

「そう子供」

スクレールは自分のことを指さして不思議そうにしている。

向こうじゃ十五歳以上が大人だろうけど、この世界では子供である。

パチンコ店の入り口の自動ドアが開くと、スクレールの肩がびくりと跳ねた。

「……すごくうるさい。耳がおかしくなりそう」

「そうだよね。あんな音聞き続けられるなんて、みんなどうなってるんだろ」

聴覚障害起こさないんだろうか。あんなところに長時間いたら、しばらくの間聴覚失いそう。

僕とスクレールはギャンブル店の前からそそくさと離れ、再度観光を開始する。

コンビニ、スーパー、オシャンティー（死語）なカフェ、ゲーセンなどなど。

彼女にとってはどれもこれも珍しいらしく、どこへ行っても目をキラキラと輝かせて、興味深そうにしていた。

「ここにもダンジョンが……」

あんまり評判のよくない企業のビルを見て、またそんなことを言い出したのは天丼だったけど。

「アキラ、ここは何のお店？」

スクレールがそう言って指さしたのは、カジュアルな店構えの整体院だった。

一見するとカフェのようなので、僕にも一瞬なんのお店かわからなかった。

「ここ整体院だよ。中に整体師さんがいて……」

「せいたいし。何をするの？」

「何をする。うーん……もみほぐしとか？」

「ふむふむ」

「足ツボとか？」

「ふむふむ」

「あとは……肩甲骨はがしとかしてくれるかも？」

「……なにそれ。すごく痛そう」

「うん？　そうでもないはずだよ？」

「え……？」

「え……？」

顔を見合わせると、スクレールはなぜかドン引きしていた。

どうやら彼女は何か別のことと勘違いしているらしい。

「えっと、肩甲骨はがしだよ？」

「うん。痛そう」

「いやいやいや、スクレールさんは何をイメージしておられるのでしょうか？」

「たぶん、腕と肩の関節をキメたあと、浮き上がった肩甲骨の隙間に指を入れて、こう、一気に……」

スクレールはそう言いながら、両手を使って開くような動作を見せる。

「違う違う！　そうじゃなくて！　そもそもモンスターと戦うような冒険者的職業じゃなくて！」

「違う？　せいたいしっていう武術の達人がいると推察した」

「要はマッサージ屋さんなんだよ」

スクレールはかなりグロめの必殺技と勘違いしたらしい。

確かに肩甲骨はがしとか必殺技の名前に聞こえなくもない。

でも確かにそんなことしたら痛いというか痛いじゃ済まない、死ねるまである。

師って付けば武術の達人なのか。美容師とか振付師とかヤベー分類になりそう。

スクレールさんは肩甲骨はがしに触発されたのか、新しい技を考案しようと、歩きながら手を動かしている。物騒だから「関節を……こう」「こうして、折って……」とか言わないで欲しい。見た目はすんごくかわいいのに、やってることは血なまぐさいとかすごいギャップ。

「アキラの世界は、よくわからないものが多い」

「それは……確かにそうだね。僕もそう思うよ」

「無駄がいっぱい」

「人間、生活が豊かになると、無駄なものが欲しくなるんだってさ。テレビでやってた」

そんなことを言っていると、ふいに彼女が鼻をくんくんさせる。

一体なんの匂いを嗅ぎつけたのだろうか。

「甘い匂いがする」

「クレープ屋さんだね。デザートだよ。食べる？」

「食べてみたい」

僕はスクレールのおねだりを聞いて、二人分のクレープを買いに行く。

どこにでもあるようなチェーンのクレープ屋さんだ。ものすごい大当たりはないけど、大外れもない。ある意味信頼度抜群のお店である。

さて何を買うべきか。ここでチョコは外せないだろう。僕はカスタード生クリームと、チョコバナナクリームを購入。どっちも食べたかったら二人で分け合えばいいのだ。

そんな風に、僕がクレープを買い終えた折のこと。

「ねえねえ君君」

「ちょっと暇？」

どこからともなく、そんな声が聞こえてくる。どこからともなくというか、僕がさっきまでいた場所なんだけど。

……うん。お早い。『連れてきたらきっとこんなことになるんだろうな～』という展開が観光開始後一時間もしないうちにやってきた。追尾式の超音速ミサイルもかくやである。もちろん結果は爆発しかないから早めに方向転換させるか自爆させないとマズい。いや、自爆もダメか。人間嫌いだからこんなことになるんじゃないかなぁ～とか思ってたけど、やっぱり現実になってしまったらしい。

僕？　もちろん急いで振り向いたよ？　ミサイルの爆発はダメだ。

だけど遅かった。振り向いたらすでに彼らはその場で倒れ伏していたんだ。

「ちょ！　まだ出会って五秒も経ってないのにぃいいいいい!?」

僕の目に映ったのは、スクレールの後ろ姿と、歩道にうつぶせになっている二人の男性の姿だった。あまりに展開が速すぎて一体何が起こったのか全然まったくわからない。中間部分のイベントがすべて、特定キャラのスタンド攻撃で吹っ飛ばされてるってのを思い出す。

僕が急いで近づくと、スクレールがゆっくりこちらを振り返った。

スクレールさんはいつもとなんら変わらない。半眼ジト目のままだ。

「どうしたの？」

「この二人が声をかけてきた」

「それはわかるよ。でも声をかけてきた人がなんで倒れてるのかな？」

「……二人とも急に倒れた。わからない」

「そんなわけないでしょ！　むしろそんなことがあったら別の意味でヤバいよ！」

「ほんと。嘘じゃない」

「それさ、目を逸らさないで言ってくれるかな？」

僕が瞳を覗き込もうとすると、スクレールはあからさまに目を逸らす。

やがてさすがにその言い訳では苦しいと思ったのか、スクレールの方針が言い訳に変更された。

「ちょ、ちょっと撫でただけだから！」

「撫でただけで人が気を失うわけないでしょ！」

「人間は脆い。悲しい生き物」

「しみじみ言うなし！　いやそれはある意味真理を突いてるかもだけどさ！」

スクレールは二人に憐れみの視線を向けたまま。

　僕は一つため息を吐いて言う。

「百歩譲ってまあいいや。それで、この二人って大丈夫なの？」

「怪我はさせてない」

「ふーん。させてない・・・・・んだ？」

「……し、してない、はず。わからない」

　スクレールはまた顔を逸らして言い直した。あくまで自分は何もしていないというスタンスを崩したくないらしい。

　かくなるうえは、だ。

「ならいっか。逃げちゃおう。折角クレープ買ったんだし食べないと」

　こんなの通報したり、救急車呼んだりしたらめんどくさくなること請け合いだ。クレープがおいしいまま食べられなくなる未来しか見えない。ちょっとよろしくないムーブだけど大丈夫、人間って意外と頑丈だ。時間は有限。有効に使いたい。

　僕とスクレールは小走りでその場を離れる。

「あむあむ……おいしい！　アキラ！　これすごくおいしい！」

　スクレールは目をさらにキラキラさせながら、ぴょんぴょん飛び跳ねて全身で喜びを表現する。カスタード生クリームがそれほどおいしかったのだろう。

「走りながら食べない。お行儀お行儀」

「ムリ。我慢できなかった」

スクレールさんはリスみたいに膨らませたほっぺにクリームを付けている。かわいい。

近場にあった公園のベンチに到着すると、走っている間に食べてしまったのだろう。スクレールのクレープはすでに食べられてお無くなりになっていた。

僕が持っていたクレープをじぃっと見つめている。口は半開きで、ちょろっと涎（よだれ）が見え隠れしていた。

「……食べる？」

「じゅる。別にいい」

「いいの？」

「……うん」

そんなことを言うが、表情はさっきと全く変わっていないし、視線もクレープに釘付けだ。

「ほんとに？」

「……アキラがどうしても食べて欲しいって言うなら食べてあげてもいい」

「はいはい。食べたいのね。どうぞ」

「うん」

スクレールはクレープを受け取ると、間髪容れずにかぶりついた。

目にも留まらぬ早業である。手裏剣はストライクしないのであしからず。

「むふ。これもおいしい」

スクレールはご満悦の表情だ。とても幸せそうである。

§

――アキラとクレープを食べたあと、腹ごなしのため、そのまま公園でのんびりしていた。

アキラの持っている『すまほ』なる機械仕掛けの絡繰りを一緒に操作しながら、この世界のことを勉強中。出来事を記録した『どうが』を見つつ、説明を受けていた。

「喉が渇いたね。ジュースでも買ってくるよ」

「なら、前にアキラが持ってきた甘橙がいい」

「オレンジジュースね。了解。すぐ戻ってくるよ」

アキラはそう言って、オレンジジュースを買いに公園から出ていった。

甘橙のジュースはおいしいので楽しみだ。

公園のベンチに一人残されたので、足をぶらぶらさせながら、周りのものを観察する。

設置してある遊具が面白そうで、ちょっと興味を引かれたが、小さな子供たちが遊んでいるため交ざるわけにもいかない。

そんな中、突然空から大きな音が聞こえてきたので、見上げると、巨大なものが高い空を飛んでいるのが見えた。

「大きな鳥……じゃない」

見上げた空を飛んでいたのは、鳥ではなかった。だからといって、魔物でもない。

一見して硬質そうで、人工物を思わせる。

あれは、一体なんなのだろうか。

この世界はよくわからないことが多い。だからこそ、面白いのだが。

「こんなにいっぱいあったら、一年じゃ見て回れない」

そんなことを考えていたときだった。

「ガァッハッハッハッハッ!!」

突然、どこからともなくそんな妙な笑い声が聞こえてきた。

すぐに笑い声の聞こえた場所を向く。すると、おかしなものがそこにいた。

たとえるならば迷宮深度18【水没都市（すいぼつとし）】にいるようなおいしいタイプの甲殻類と、二足歩行生物を合体させて、それを包帯でぐるぐる巻きにしたような奇妙な出で立ちをしている。

ごつい。さっき絡もうとしてきた者たちとは似ても似つかない。まるで着ぐるみでも着込んでいるかのようにも見えるのだが、どうも質感がそうではない。

アキラの話では、この世界にはモンスターはいないということだったが、どういうことなのだろうか。

「……何？　誰？」

「俺の名前はケガニーンV（ファイブ）だニーン！」

その妙な名前の何が誇らしいのか、その場で仁王立ちしている。

「……怪我人？　病院行ったらどう？」

「怪我人ではないのだニーン！　ケガニーン！　ケガニーンVだニーン！」

「失礼。怪我じゃなくて病気だったみたい。主に頭の」

「貴様なんと失礼な！　そういうのは普通、多少なりオブラートに包むとか、一定の配慮があってしかるべきだニーン！」

「ごめん。私、嘘が吐けない性格」

「それがすでに嘘だニィイイイイイイイイン！」

妙な生き物を適当におちょくっていると、叫びながらも無遠慮に近づいてこようとする。捕まえようとしているのだろうか。もしかしたらこの世界特有の変質者なのかもしれない。

「気持ち悪い。こっちに来るな」

「そう言われてはいそうですかと引き下がるわけがないニーン！」

変質者はそんなことを言って怒り出す。

やがて遠間（とおあい）から「外国の女の子が怪人に襲われてるぞ！」「誰か！　ヒーロー呼んで！」と叫ぶ声が聞こえてくる。怪人およびヒーローとはなにか。そう言えばアキラの家を出る前に見たテレビなるもので、似たようなものを見た覚えがあった。

そんな中でも、例の変質者は無遠慮に手を伸ばそうとしてくる。完全におさわりをしようとするタイプだ。もちろん変質者にかける慈悲はない。

「くくく、周りがヒーローを呼んでくれるとは手間が省けたニーン。お前を人質に取ってあのにっくきヒーローたちを倒してくれるニーン」

「そう簡単に人質になんてならないけど」

「黙れニーン!!　大人しくヤシガニーZ（ゼット）のかたき討ちの材料となるがいいニーン！　さあ

こっちにこ――」

掴もうとするところを逆に掴んで、勢いを利用して地面に転がした。

不格好であるため、バランス感覚が悪いのだろう。変質者はなんの踏ん張りもなく地面をゴロゴロと転がる。

「ぐほわぁあああああああああ!?」

思いのほか簡単に転がった。口ほどにもない。

むしろ憐れみを禁じ得ない。

「………弱い。ダンゴムシ以下」

「なんだとぉおおおおおお！　この俺がダンゴムシ以下だとぉおおおお!!」

「そう。ダンゴムシの方がまだ強い。あっちの方が頑丈だし、転がしても全然平気にしてる」

ダンゴムシは硬いクチクラに覆われているため、腹部に勁術の連続技を叩き込まないとダメージを与えられない。

そもそもダンゴムシはもっともっと大きい生物なのだ。

こんなのと比べる方が間違いではあるのだが、どうしても一般的な比較対象を挙げるとそれになるのだ。

「里の害虫より弱いなんて、なんて悲しい存在。憐れみを禁じ得ない」

「がいちゅ……この美しい甲殻に対して害虫と罵るとはなんたる侮辱ニーン！　貴様、もう許さんニーン！　俺の力を見るがい――」

「そんな悠長なことしない。吹き飛べ」

そう言いながら、懐に飛び込む。地面を強く踏んで、威力を上乗せし、手のひらを鳩尾の……ありそうな部分にあてがった。

動きが遅い。余計な動作が多い。そのうえ口まで無駄に動かす。救いようがない。

「何をっ！」

変質者は最後まで言葉を口にできなかった。流露波をどてっ腹に打ち込むと、普段は突き抜けていくはずの衝撃ごと、一緒になって吹き飛んでいった。

地面を大きく削りながら、公園の端まで行ってしまった。

土煙がもうもうと舞い上がっている。

「――ふん」

鼻を鳴らす。一撃必倒。間違いなく倒した。そう思った矢先のことだ。

変質者が土煙の向こう側で、不自然な様子で立ち上がった。

まるで押し倒したら勝手に起き上がる丸底人形のような動きにも見える。

「……あれを食らって？」

立ったというのか。なるほどおかしな恰好は伊達ではないらしい。

そう考えて再度構えを取り直したが、どうも様子がおかしい。

変質者はそのまま立ったままの状態で、もんどりうつという奇妙な動きを見せる。

「…………？」

なんなのだろう。そういうのは地面を転がりながらやるものだ。

であれば、何かの技か儀式か。やはり油断はできないのかもしれない。

そんなことを考え、さらに警戒して身構えていたとき。

「まだ何もやってないのニィイイイイン!!」

変質者はそんな叫び声を上げて、なぜか爆発した。

爆発。そう爆発だ。

突然のことにびっくりして、つい肩がびくっと跳ねてしまう。

「…………なんで爆発？」

普通倒されたらそのままなはずだ。爆発なんてするはずもないし、勁術だってそういう技ではない。であれば、やはりこの世界の変質者特有のものなのだろう。

やっぱりこの世界はよくわからないことが多い。

§

スクレールを公園のベンチに残してジュースを買いに行っていたときのこと。

突然、なんかどデカい音が鳴った。破裂音とか爆発音とかそんなんだ。擬音にすると『ぢゅどーん』的なのが響いてきたので、僕は走って公園に戻った。

……なんていうか、こんなことは考えたくないけど、十中八九スクレールさん絡みだと思ったからだ。彼女を連れてきたタイミングでトラブルが起きるということは、彼女が良い悪いにかかわらず、中心にいるということは十分に考えられる。むしろ考えない奴は危機感に乏しすぎて迷宮潜行(ダンジョンダイブ)なんてできないくらいだ。

僕がスクレールのもとに急いでいると、やがて公園から走って逃げている人たちが目に留まる。

「…………え？　マジそこまで大きな騒ぎ起こしちゃったの？」

アニメとかゲームでも、異世界の人を現代世界に連れてくると常識の違いでトラブルを巻き起こすというのがお決まりのパターンだ。あっちの世界の人たちは基本慎重だし、柔軟性もあるから、基本的に大人しいスクレールなら、そういうのはないと思ってたんだけど、まさかこんな大騒ぎになろうとは。

ってていうか、こんなパニック起きてるなんてポリスメン案件じゃん。やばいやばい。

もといた場所にたどり着くと、砂煙舞う広場に、スクレールが一人立っていた。

なんかすんごく既視感ある。主にこれ、ヒロちゃん関連なんだけど。

ともあれ僕はすぐにスクレールのもとに駆け寄った。

「さっきすんごく大きな音が鳴ったけど、何かあった⁉」

「うん。とてつもない変質者が出た」

「とてつもない変質者？」

「そう変質者」

彼女にそんなことを言わせるとは、どれほど高レベルだったのだろうか。番付に載るくらいの奴となると手に負えないと思うのだけれど。いや、だからみんな公園から逃げていったのか。納得だ。

……っていうかその変質者さん、すでにここにはいない。というかやたら焦げ臭い。

そんな上級者が何もせずに大人しく帰っていったとは思えないし、どうしたのだろうか。

「あの、スクレール先輩？　まさか……いやまさかとは思いますけども」

「もちろん倒した」

スクレールは自慢げにその豊かなお胸を張る。

まあその一言の破壊力よ。もうどんな言葉を並べ立てるよりも雄弁だ。こっちじゃ気絶させたとかが大半だけど、向こう基準だとそうじゃない。死亡と再起不能の二択である。

「ちなみになんですけど、どうやってお倒しになられたので？」

「流露波（リゥルウハ）で一撃」

「ひぇっ」

戦慄で思わずしゃくりあげた僕。いやそれよりもなりよりも。

「そそ、それってその人、大丈夫だったんですかね……？」

「大丈夫。あとかたもなく消し飛んだから。証拠は手ごたえだけ」

「そういう意味の大丈夫じゃなくて!?　こっちの被害とかに対する大丈夫じゃなくて、その人の安否だから！」

「変質者にかける慈悲はない。ことごとく滅ぶべし」

「ひどい！　変質者にも一応、ミリ単位くらいは人権があるんですよ!?」

っていうか、どんな威力で打ったのか。流露波（リゥルウハ）は内臓に深刻なダメージを与える技だ。それで消し飛ぶとはどんな威力が出たのか。波（は）か？　やっぱり波（は）が出たのだろうか？　某ヤサイ星人の菜っ葉さんみたいに、ベジタブルな王子様に消し飛ばされたのだろうか。

「でもびっくりした。アキラの世界の変質者は爆発する」

「爆発？」

「そう。打ったら立ちながらもんどりうって爆発した。意味不明」

ん？　もんどりうって爆発した？

「…………」

「こう、腕をゆっくり回しながら、『まだ何もやってないのニィイイイイン!!』って叫んで」

スクレールさんはそう言って、平坦な抑揚のまま実演してくる。なんか感情が全然込められていないので、それはそれで不安になる。

っていうか僕にはそんな連中に、なんとなく心当たりがあった。

というかここじゃほぼみんな知ってる。なるほどみんな公園から逃げたのは変質者の変質度が上級レベルだったからじゃなくて、その手の連中だったからか。だからやたら焦げ臭いのか。

そして、その心当たりが正しければ、だ。

「あー、そうなんだ。うん、それなら消し飛んでも大丈夫かな」

「そうなの？」

「そうそう。だから忘れていいよ」

倒されたら爆発するとかいう存在は、この現代日本には一つしかないし、そういった連中は消し飛んでもOKなのだ。むしろ消えてなくなった方が世の中のためでもある。慈悲はないし、僕もそんな連中にはかけない。

「でもそれ、いくら変質者だからって普通の人にするのはダメだからね？」

「わかった。善処する」

善処じゃなくて徹底して欲しいと切に願う次第です。

決着はついたので、再びベンチに座って買ってきたジュースを飲む。

「一仕事したあとの甘橙の汁は最高。冷たくておいしい」

「短い間だったけど、一仕事くらいのことしたの？」

「全然。一撃必倒。弱すぎてダンゴムシ以下。ワラジムシの方がまだ強い」

「わらじむし……」

「そう」

こっくりこっくり頷くスクレールさん。

ひどい。いくら相手が雑魚だったからってそんな小さな生物にたとえなくてもいいのに。

「スクレは他にどこか行きたい場所はある？」

「武器を売ってるお店は？　この世界の武器を見てみたい」

「武器屋さんですか……」

　なんか死ぬほど物騒。こんなかわいらしい恰好をしている女の子が、武器を見てみたいなんて言うのはどんな世紀末なんだろうか。いやすでに冒険者（ダイバー）なうえ、危ない連中の一角を倒しているので物騒なのは折り紙付きではあるけれど。

　しかし武器屋か。

「いやぁ、そういうお店は基本ないかなぁ」

「そうなの？　じゃあみんな自衛はどうしてるの？」

「しなくても……決して大丈夫ってわけじゃないけどね」

「さっきみたいな連中がいるんなら、絶対必要だと思う」

「ここにはそういった連中のカウンターみたいな人たちがいるからね。そこまで議論はされてないんだよ」

　スクレールは「ふーん」と言って頷く。

　今度彼女にも、ヒーローのことを教えてあげるべきだろう。まあ今朝テレビで見てるんだけどさ。

　再度僕は「他にはどこかある？」と訊いてみた。

「じゃあ、食べ物。お腹減った」

食い気ですか。クレープ二つ食べてもまだ食欲旺盛とは。ひと暴れ？　したせいなのかもしれないけど。

どこに連れていこうか。やっぱりスイーツとかいっぱい食べたいんだろうか。

ファミレスでジャンボパフェとか頼めば喜んでくれると思われ。

たぶんまだまだイケるだろう。


僕たちはジュースを飲んだあと、再び駅前に舞い戻った。

駅前でファミレスを第一目標にしつつ、入りやすそうな飲食店を探していると、ふいにスクレールがふらふらとした足取りで僕から離れていった。

「およ？　スクレ？　スクレールさーん？」

一体どうしたのか。彼女は滅多に見ない千鳥足で、ふらふらと歩いている。

だが、方向が定まっていないわけではなく、ふらふらと上体を動かしながらも、確実に一方向に向かっているのが窺（うかが）えた。まるでどこかに吸い込まれていくかのようだ。

異世界人的特異点なブラックホールがありそうだなーとかわけわからんことを考えていたのもほんのひと時。

「スクレ！　ちょっとスクレったら⁉　どうしたのー⁉」

僕が叫んでも、彼女には聞こえていないらしい。もう完全にヤバい幻覚魔法にかかったような感じだ。こんな場合はなんの汎用魔法を使えばいいんだっけか。いや、そもそも原因を探さなければいけないか。

しかして、彼女が吸い込まれていくその先にあったのは。

――うふぎ。

「…………」

もうね、脱力だよね。うん。うなぎ屋さんの看板が見えた瞬間、僕の疑問は完全に氷解してしまった。店頭で炭火焼きしてるから、タレと炭火の香ばしいその匂いが漂ってきて……ということなんだろう。というかそれしかない。確定的に明らかである。というか風向きのおかげでおいしそうな匂いがこっちまで漂ってきているし。

豆知識でもないけど、この字『うふぎ』と読むのは誤読で、本来は『奈』の字を崩したものらしい。お母さんに教えられるまで友達と「うふぎうふぎ」と言っていたのもつい最近のこと。

……うん。スクレールはやっぱりスイーツよりうなぎの方がいいのかもしれない。

急いで駆け寄って肩を叩く。

「スクレスクレ！」

「――ふわっ!?」

スクレールは驚いたようにカールした銀髪のポニテの先端をビクンと跳ねさせる。

「ちなみに訊くけど、どうしたの？」

「……わからない。気付いたらこんなところにいた」

スクレールはまるで、知らないうちに別の場所にワープさせられたかのように、ア然としている。完全に意識が飛んでいたらしい。

やがて、周囲を警戒するように機敏に辺りを見回す。

「これは……誰かの幻覚魔法。アキラ、気をつけて」

「違う違う。警戒しない警戒しない。この世界には魔法使いとかいないし」

「でも他に原因が考えられない。魔法使いじゃないとしたら危険な魔物が……」

「僕の世界は魔物もいないいんだって。他の変なのはいるけど」

「じゃあアキラは原因がわかる？」

「あれでしょあれ。あれの匂い」

「…………」

　僕がうなぎ屋さんを指さした瞬間、スクレールは鼻をヒクつかせて、目をうつろにさせる。

　そして、彼女はまた夢遊病患者のようにふらふらとした足取りで、うなぎ屋さんの方へと吸い込まれていった。

　……うん、食い気って怖いね。

「スクレールさーん！」

「――はっ!?　いま、私は……」

「気をしっかり持って！　深呼吸は、いまはマズいか」

　深呼吸なぞしようもんなら、一発で撃沈することは疑いようもない。

　だが彼女も、かば焼きのいい匂いに慣れてきたのだろう。

　陶酔したようなぽわぽわっとした表情を見せながら、鼻をひくひく動かす。

「……ショウユウーのいい匂いがする」

　ですよね。絶対それですよね。いやもう間違いなくそれだよ。それしかないね。

「あそこは醤油を使ったお食事がいただける場所ですので」

「これがショウユウーの魔力。おそるべしショウユウー……」

「この香りだけでご飯いっぱい食べる人もいるくらいだからね」

「気持ちはわかる。むしろ私はパンでやってた」

「おおぅ……マジか」

ヤバい所業を告白するスクレールさん。醤油の香りだけでそんなことができるとは上級者すぎる。二度と後戻りが利かなくなりそうなシンギュラリティ感が満載だ。

「それで、行ってみる？」

「……アキラが行きたいなら行ってあげてもいい」

またその素直じゃない返答ですかそうですか。

「じゃあ別の――」

「行きたいなら行ってあげてもいい」

「他のお店も――」

「行きたいのなら行ってあげてもいいって言ってる！」

最後まで言わせてくれんのかい。というかそこまで全力で被せてくるんなら行きたいって言おうよ。

「………じゃあ行こうか」

「うん」

ほんと、そんな素直に頷いてくれるんならどうしてそんな言い方するのか。こっちの世界に行きたいって言ったときは、自分から申し出たのに。一体何が違うのか。

ともあれ、僕たちはうなぎ屋さんの中に入った。

こういうとこって、目ん玉飛び出るくらいお高いけど、さっき二人でいっぱい金貨を換金してきたので大丈夫だ。むしろお釣りがくるくらい。豪遊可能。わはははは。

注文を訊きに来たおばちゃんが、ちょっと驚いたような表情を見せる。

子供だけでこんな高級なお店に来たからだろう。

「あら、珍しい。学生の二人連れ？　しかも外国の子と一緒なんて」

「ええ。彼女がうなぎを食べてみたいと言うので、家族が連れてってあげろって」

「あらそうなの？」

「ええ、そうなんですよ。日本に来て食べてみたいのはやっぱりうなぎですよね」

僕は店員のおばちゃんに適当なことをフカして和気藹々(わきあいあい)。スクレールさんはそんな息をするように嘘を吐く僕のことを、胡散(うさん)臭そうにジト目で見詰めてくる。大丈夫。僕はそんな視線には負けないもんね。

「特上を二つで。彼女の方はタレを多めでお願いします」

「わくわく」

僕が注文すると、店員のおばちゃんは威勢のいい声で注文を復唱する。

スクレールと話をしながら待っていると、やがて重箱とお吸い物が二つずつ届けられた。

「お待ちどおさま」

「ありがとうございます」

やり取りのあと、ふたを開けると、ほかほかの湯気と共にかば焼きのよい匂いが広がった。

うなぎの身はタレで美しく照り映えており、口に入れるまでもなくおいしいということがわかるくらいにふっくらと焼き上げられている。上には山椒が振りかけられ、すりおろしたわさびが添えられており、その下に敷かれた米は真っ白く、粒が立っている。

うまい。絶対うまいよこれ。断言できる。

ふと見ると、スクレールさんの目がキラキラと輝いていた。今日一番輝いていると言っても過言ではないほどだ。やはり醤油の魔力という奴だろう。前世日本人だったとかそういうのないよね？

「これが」

「うな重だよ。うなぎっていう魚を開いて、タレをつけて炭火で焼いたものを、炊いたライスに載っけた料理。フリーダの通貨換算で、たぶん銀貨五枚から七枚ってあたりかな？」

「……結構する」

「その分、味は保証いたします」

「匂いでもう間違いない。わかる」

うん。異世界にある白角牛（ホワイトホーン）のステーキなんぞは金貨五枚という超馬鹿げたお値段だけど、銀貨五枚で一食というのもなかなか狂ってる。最近うなぎ屋さんのうな重高杉問題である。

ともあれ、ここで僕が気にしなければいけないのは、うな重の食べ方だ。外国人って口内調味が苦手な人が多いから。丼物のご飯の比率に戸惑うのだそうだ。メインが少なくて、ご飯を底上げに使っていると感じる人さえいるほどだし。主食の違いってのもある。ちょっと前からドイツとかでおにぎりが人気になってるって言うから、地域によっては変わるんだろうけど。やっぱり主食がお肉系のアメリカの人とかは、まだ苦手なんじゃないかなと思う次第。一口でイケる海苔（のり）巻きタイプとかは大丈夫なんだろうけどね。

念のため食べ方をレクチャーしていると、おばちゃんは気を利かせて、木製のスプーンを持ってきてくれた。

スクレールはそれを使って、うなぎとタレのかかったご飯を口に運ぶ。

「ふわぁあああああああああ!?」

そして、いつもの奴である。スクレールはおいしさと驚きで目を白黒させている。耳は見えないけど、ピコピコ上下しているんだろうと思われ。

「この魚おいしい！　すごく脂が乗ってる！」

「それはよかった。連れてきた甲斐があるよ」

「タレが最高。これだけでライスがいっぱい食べられる」

「そうなんだよね。これなら僕もイケるよ」

「うまうま」

案の定、彼女はタレのかかったご飯だけでイケるらしい。まあ日本人なら大体それでイケるんだけどさ。だってうなぎのタレご飯うまいもん。わさびがあれば完璧よ。

「ライス自体もおいしい。ほのかに甘味が感じられる」

「お米、いいの使ってるみたいだしね」

店内に貼られたポスターには、稲を持った女性の生産者さんが写っていて、その上部にはデカデカと品種のロゴが書いてある。ムネヒカリ。うむ。いいコメだ。

一方でスクレールはうんうんと頷きながら、ゆっくりとうな重を堪能(たんのう)していた。

こんなに喜んでもらえるなら、お店の人も嬉しいだろう。

店員のおばちゃんや奥にいた大将が微笑ましげな視線を送っている。

当然スクレールさんはおかわりもしましたとも。うな重×2である。

っていうかこれだけ食べてお腹ぽっこりさえしないのはなぜなのか。

やがて食べ終わって店を出ると、スクレールさんはうな重の効果なのか、元気いっぱいのご様子。うなぎパワーか。いやむしろタレご飯の方が多かったからそっちだろう。好きなもの×元気が出るお食事の相乗効果で元気百倍というやつなのだろうと思われ。

……そのあとは、二人で駅前を遊び回って終わった。

現代日本への小旅行は、スクレールも満足してくれたらしく、また行こうということで。

帰り際、醤油関連のお土産をしこたま買っていったのは、言うまでもないだろう。

第13階層　ただいま正面ホール集会中。はい、迷惑です

この日、冒険者(ダイバーズ)ギルドの正面大ホールは多くの人間に占拠されていた。

「うわ、なにこれ」

ホールに入るなり僕が発した第一声はこれだ。もともとギルドに入る前からなんか騒がしいなー、誰かが大物モンス狩ってきたからお祭りかなーとか思ってたんだけど、どうにもそうじゃないらしい。

普通、ここに人が沢山いる時間帯というのは、決まってお昼のご飯時で、多くのチームがみな思い思いにご飯を食べたり、語り合ったり、酒を飲みまくったりしている。

しかし、いまの時間はお昼も随分過ぎて夕方。だいたいティータイムも終わったあたり。ご飯時には少々早く、普段ならそこまで冒険者(ダイバー)が集まるような時間帯ではない。大抵家に帰るか、迷宮(ダンジョン)に潜るかのどちらかだ。にもかかわらず、冒険者(ダイバー)が広大なホールを埋め尽くさんばかりに集まっており、一種の集会のような有様となっているとくれば——一体何事かと不思議でならない。

（……装備にも統一性があって、規律が行き届いている……ってことは）

十中八九、巨大チームの集会だろう。

集まっている者たちは前衛、後衛、魔法使い、荷運び役（ポーター）と役職ごとに並んでおり、みな揃えたように服装に統一性があった。そして、全員が全員何とも言えない鬼気を放っているとくれば、これから迷宮潜行（ダンジョンダイブ）をするということは想像するに難く（かた）ないというもの。

チームの規模から考えて、深層および未到達階層に向かう前に、正面大ホールを貸し切って壮行会をしていると考えるのが妥当なところだろうか。こんなところでやるなよ迷惑だよとほんと思う。巨大チームだったら、集合するための大型の拠点も所有しているだろうに。なんでまたこんな邪魔になるような場所でやりたがるのか。見栄か。どうでもいい見栄なのか。そんな見栄などダンジョンのどこぞに捨ててきてしまえと本気で思う。

心の中の文句はともあれ、よくよく見れば、所属しているらしき冒険者（ダイバー）たちのみなさんは大ホールの奥に向かって立っており、その先では熊のような体躯（たいく）をした大男が、大声で士気向上の演説を行っていた。

――我々はこれから、未踏の領域へと向かう！　フリーダの冒険者（ダイバー）の誰もが行き着くことができないとされている、あの場所にだ！

――我々の行く手には多くの困難が待ち受けるだろう！　だが、それを恐れ、進むのをためらってはならない！

――我らはギルドを背負うチームの一角として、確固たる結果を出さねばならないのだ！

「…………」

やたら気合いが入った演説を聞いて、少しばかり辟易した気分になる。

正直、僕みたいなのからすれば、これは気合いの入れすぎだ。迷宮潜行を前に喝を入れるだけならまだしも、「ギルドを背負う」などとは少し言いすぎのように思う。僕みたいな適当な冒険者が言えた義理じゃないけれど、真っ当に迷宮攻略をしている冒険者たちを蔑ろにしているように思えてしまう。

人が集まりすぎて、チームの規模が膨れ上がって、誰も彼もが勘違いし始めているとか、そんな感じだ。聞いていると鼻白んでしまう。

気合いがあるのはいいと思う。だけど、気負いすぎというのも困ったものだ。

もっともこちらは、関わり合いにはなりたくないのであんまり関係ないのだけれどね。

ふと、僕のように壮行会を眺めていた人たちの話し声が聞こえてくる。

「相変わらずド派手だねー。あそこはさー」

「なんでも今回は第2ルートの未到達階層を目指してるって話だから、気合い入ってるらしいぜ？」

「新階層か……」

みんな同じチームなのだろうか。普通の人間族と、モンスターの毛皮を羽織った怪着(かいき)族と呼ばれる種族と、獣頭族と尻尾族という珍しい四種族混成の青年たちが話をしている。どうも壮行会を行っている大チームのことを知っているらしい。興味が出たので、一番近くの黒い狼頭の獣頭族の人に訊(たず)ねてみた。

「あの……あそこのチームのこと、ご存じなんですか？」

「ん？　なんだ知らねぇのか？　あれが白爪の大鷲(イーグルタロン)だよ。名前くらい聞いたことあるだろ？」

「あー、あれがそうなんですね……」

チーム白爪の大鷲(イーグルタロン)。冒険者(ダイバーズ)ギルドではいわゆる三大勢力などと言われている三つの巨大チームの一角だ。多くの冒険者(ダイバー)を抱え、日夜未踏領域を目指して迷宮に潜っているという。

三大勢力の残り二つが、所属冒険者の生活とギルドへの貢献の釣り合いを考えて運営される互助組織である中、ここは完全に名誉を第一に重んじているらしく、いわゆる攻略ガチ勢に分類されるプ□ハン様だ。正直、エンジョイ勢の僕としては絶対に関わり合いになりたくない人たちの筆頭であるだろう。

ともあれ、

「新階層の攻略ねぇ……」

ここガンダキア迷宮は一本道ではなく、色々とルートがある。【大森林遺跡】を起点にして、いくつかワープポイントが存在し、それぞれ別の階層へ飛ぶといった具合になっているのだ。

僕がいつもまったり一人で行く狩場、迷宮深度30【暗闇回廊】も、いま『白爪の大鷲』が新階層到達を目指している第2ルート上にある。そこで、現在多くのトップチームが攻略に躍起になっている階層と言えば、

「ええと、草原の次がノーディアネスだから……」

「あれだ【死人ののさばる地下墓地】の攻略が主な目的だろうな」

獣頭族の人がそう教えてくれる。あまり関わりにならない階層であるため、ぱっと思い浮かばなかったのだ。

だけど、その階層については僕も聞いたことがある。地下の巨大な洞穴っぽい場所に墓標が乱立し、ゾンビーが大量に出てくるという、ガンダキア迷宮でも有名な二大ホラー階層の一角だ。しかも、迷宮深度は脅威の50台。一人で潜るには少なくともレベルが60は必要であり、チームで行くならばメンバーのレベルは最低でも30以上が大多数、魔法使いもそこそこ数を揃えなければお話にならないという激ヤバな階層だ。

「つーかできるのかよー？　今回も無理だと思うなー俺」

「だよな。やっぱりあそこはドラケリオンさんじゃなきゃどうにもならないと思うよ」

「出てくる数が数らしいからな。前に攻略に行った大チームも大変な目に遭ったたって話だしな」

……彼らが話している通り、その【死人ののさばる地下墓地】はとても厄介なのだそうだ。なんでも、腐って溶けかけた死体がそこら中から湧き出てきて、大挙して襲ってくるのだという。その話を聞いてすぐ、バイオでハザードなゲームとか、デッドでライジングなゲームとかを思い出し、あー、これはチェーンソーとかショットガンとかグレネードランチャーとかないと攻略できないだろうなー、それかＲＰＧの聖属性魔法とかー回復魔法とかー、などと思ったのも久しい話。ゾンビが無限湧きで、ちょっとやそっとの攻撃じゃ行動不能にすることもできず、まごついているとどんどんどんどん増えていくとかいう無理ゲー階層なのだ。

僕の場合はまずゾンビさんが出てくる地下の真っ暗な墓場という時点でもうすでに無理なのだけど。バイオなハザードはゲームでやるから楽しいのであって、その真似をしたいわけじゃない。

そんなことを考えていると、ふと緩い会話をしていた人間族の青年が、

「正直なところ、俺は失敗して欲しいと思ってるね」

「おいおい、そういうこと言うのはやめておけよ」

「だってさーリーダー、あいつら最近なんか態度デカいじゃん？」

人間族の青年が獣頭族のリーダーさんに言うと、モンスターの毛皮を羽織った怪着族の青年が同意する。

「あー、それわかるわかる！　あれだろ？　どいつもこいつも俺たちがギルドの運営を背負ってるんだぞーみたいな感じ。誰に対しても威張ってるんだぜ？　鼻につくって」

「そこか……まあ確かにそうだな。黒の夜明団と勇翼への対抗意識が強すぎるんだろう」

怪着族の青年が人間族の青年に同意するようにうんうん頷くと、獣頭族のリーダーさんも一理あるという風な態度を見せる。

さっき僕が考えていたようなことだ。僕が感じていたことを、彼らも感じていたのだろう。

三大チームは勢力が拮抗しているし、最近はどこもめぼしい成果を挙げられていないため、結構バチバチなのだという。頭一つ抜けた大規模チームとなるためには、目玉が飛び出るような成果が必要なのだろう。

お隣にいるチームは、難しいと思っているらしいが、

「でも、超トップチームってことは、みんな強いんですよね？」

「まあ、前衛後衛はまずレベル30以上を揃えてるだろうな」

「魔法使いはたぶん五人くらいだろうねー」

「あれ？　でもあそこって魔法使いを十人揃えたとかっていって、この前話題になってなかった？」

「まだ連れていけるレベルじゃないんだろう。入ったばかりの魔法使いなんて、せいぜいレベル10台そこそこだ。いくら後方支援が主だからと言っても、連れていくには厳しい」

「ラーダ？　ラーダならどう思う？」

怪着族の青年が、尻尾族の青年に呼び掛ける。黒いローブをまとっているという恰好からして、このチームの魔法使いなのだろう。

「戦士職が周りをがっちり固めてくれるなら……いや、それでも厳しいよやっぱり。いくら魔法使いが低レベルでも強いっていっても、限度があるし」

「そっかー。そうだよねー」

いま尻尾族の青年が言った通り、まず難しいだろう。僕もレベルが10台のときがあったけど、そのレベルでモンスに囲まれるような状況になったら正直魔法の使用が間に合わなくって絶望する。

ま、それはともあれだ。

「新階層を目指しているっていうのは、やっぱりすごいですよね」

その辺は正直にすごいことだと思う。未踏の領域に踏み出すというのは、冒険者(ダイバー)と呼ばれるに相応(ふさわ)しい。憧れる話ではあるけど、臆病者の自分にはずいぶんとハードルが高いため、夢のまた夢だろう。

(師匠に潜らされることは……ないよね？)

ふと、不吉な可能性が脳裏をよぎる。いや、いくら師匠でもそこまで無謀なことはさせないだろう。絶対に攻略が不可能だとわかっているのに行かせるなどおかしな話だし、もし本気で行かせるつもりならば何かしら用意させるだろうし。

そんな憂鬱な想像に僕が打ち震えていると、怪着族の青年は武者震いとでも思ったのか、

「荷運び役なら、連れてってくれって言えば、もしかしたら、もしかしたりするかもよ？」

サファリルックな僕のことを、荷物持ちと勘違いしたらしい怪着族の青年は、冗談半分にそんなアドバイスをしてくれる。

「いえ、そういうのはあんまり」

「やっぱさすがに無茶だよねー」

「みなさんは新階層の攻略とかには、興味あるんですか？」

訊ねると、獣頭族のリーダーさんが口を開いた。

「俺たちもそれを目指してはいるが、無理をするつもりはない」

「そうそう。どれだけ急いでも迷宮は逃げないからね。攻略されたら、他の階層を目指せばいいし」

「うらやましく思うときもあるけどね――」

そんな会話の中、突然四人は戦隊ヒーローの如く並び始めた。

「だが、俺たちのモットーは！」

「無理なく楽しく緩く稼ぐ！」

「他は他、ウチはウチ、気にしたってしょうがない！」

「ランクが100上がろうが100下がろうが、結果そんなに変わらない！」

決め台詞かなんかなのか、そんなことを高らかに言いながら、四人そろってポーズを取り始めるなんか緩くて元気なチーム。

やたらと気負っている大きなチームもあれば、こうやってマイペースに活動しているチームもある。それがここ、ガンダキア迷宮なのだ。

第14階層　もふもふは正義である

この日、僕が冒険者ギルドの食堂でまったりしていると、とある人物に遭遇した。

クセの強いライトゴールドの髪の毛と、同色のぺたんとした垂れ耳と、もふもふの尻尾を持ったその人は、この前ひょんなことでお知り合いになったエルドリッドさん。フリーダでも目玉が飛び出るくらいお高い鎧を身にまとい、体格に見合わないくらいごつい剣を背負っているという尻尾族の女の子だ。

男勝りで口調も男の子っぽい感じの、いわゆるオレっ子という方で、なんとレベルは驚愕の48。ここフリーダでもそうそうお目にかかれないような高レベル。僕と同い年くらいなのに、どうすればそんなに強くなるのか。マジヤベーと言うしかない高ランク冒険者である。

そんなエルドリッドさんは僕を見つけるなり、ふさふさの尻尾をフリフリさせながら近づいてきた。もうゴールデンレトリバーさながらだ。

そして、目の前に来た途端、なぜかそのお顔を険しくさせた。僕を見つけたときはあんなにニコニコしてくれていたのに、一体どうしたのか。緊張の面持ちを見せている。

「く、クドー！　いま暇か！」

「え？　うん。暇っちゃあ暇だよ？　迷宮にもレベル上げに行くだけだから、緊急ってわけでもないしね」

「なら一緒に潜りに行かないか！　ほら！　前に一緒に潜ろうって言ってたよな？　それでさ……」

「うん、いいよ」

「ほんとか!?」

僕が了承の旨を伝えると、エルドリッドさんの緊張していたお顔がぱあっと明るくなった。尻尾もブンブンである。なんというか、喜びの表現がものすごくわかりやすい。

「じゃあ行こうぜ！　準備とか大丈夫か!?」

「もう終わってるから問題ないよ」

「よし！　行こう行こう！」

エルドリッドさん、なんかすごくノリノリである。そんなに誰かとダンジョンに行きたかったのか。もしかして彼女、ぼっちだったりするのだろうか。こんなに明るくて感じがいいのに。まあ明るくてフレンドリー＝友達が多い、ってわけじゃないけどさ。

……うーん。これが街でデートであったら、ワクワクドキドキなんだろうけど、これから行くのがダンジョンだからね。別の意味でワクワクドキドキではあるんだけど。だってエルドリッドさんの方がレベル高いし。進む場所によっては命にかかわることもある。

なんか最近女の子と出かけることが多いけど、全部デートじゃないっていうのはなんなんだろう。デートって訊いたら全力で否定されたり、行くところが危険いっぱいの迷宮だったり。やっぱり僕はそういう星のもとには生まれてないのか。彼女とかデートとか夢のまた夢なのか。ほんとかなしみ。

ともあれ、そんなわけでやってきました迷宮深度18【水没都市】。ここには以前にも来たので迷宮の詳しい説明は割愛。デカい湖なんだか海なんだかわからないところに、朽ち果てた建物が沈んでいるという終末世界を思わせるような階層だ。ベテランの冒険者たちからは【大烈風の荒野】【巨像の眠る石窟】に並んで、避暑地として扱われる場所でもある。出てくるモンスターは魚類とかサメとかサメとかサメとか。空飛ぶサメさん、地を這うサメさん、なんでもござれな脅威の階層。

向かう先がここになったのは、エルドリッドさんがこの前の借りを返すためだ。『大猪豚』にぐちょぐちょ（意味深）にされたので、その仕返しとばかりにぐちゃぐちゃにしたいのだそう。あと、またあの角煮を食べたいらしい。そこはさすがちゃっかりしている。

【水没都市】に足を踏み入れると、ぽかぽかの陽光が僕たちを出迎えてくれた。

「今日はよく晴れてるね。ここはやっぱこれくらい晴れてないと歩き甲斐がないよね」

「そうだな。よく晴れてる。日向ぼっこするにはちょうどいいな」

日向ぼっこと来ましたか。もう完全にワンちゃんとか猫ちゃんの趣味ですがな。

「よくするの？　日向ぼっこ」

「するぞ？　尻尾族のライフワークだ。外でお腹出して転がってる奴とか見たことないか？」

「いまのところは。もしかしてエルドリッドさんもお腹出して日向ぼっこするの？」

「いや、オレはお腹は出さないぞ？　あれは結構下品な扱いだからな」

「……そ、そうなんだね」

何が下品なのかはよくわからない。まあお腹出すのはよくないのはわかるけどさ。

ともあれ、尻尾族にはそんなライフワークがあるのか。セロトニンとかビタミンDの生成とかに必要だから、やってるのだろうか。それは人間種族にも言えることだろうけど。

多種族の中でも尻尾族が一番変わっているような気がする今日この頃。

「エルドリッドさんはこのルート、よく通るの？」

「そうだな。狩場の【空中庭園】に行くためによく利用するぜ？」

「すごいなぁ。僕はまだそこには行ったことないから」

「確かにあそこは魔法使い一人じゃ厳しいだろうな」

「でもエルドリッドさんは戦士一人で行ってるんでしょ？　すごすぎない？」

「そうか？　結構普通に行けると思うけどなー」

　エルドリッドさんはなんてことはないという様子。さすがレベル48。強すぎる。

　ともあれ、まずはどこをどう通るかだ。『大猪豚』を積極的に探す方針なのか、もっと緩い感じで迷宮を森田さんの散歩番組よろしくブラブラするのか。ちなみに僕には迷宮を解説できるほどの知識はないということをここにしたためておく。

「えっと、【水没都市】は、あっちの道かな？」

　僕はそう言って、道の先を指し示す。水際を歩くルートと、水面から顔を出した建物の上を、ぴょんぴょん飛び跳ねて進んでいくルートだ。当たり前だけど後者の方が難度が高い。

　だけど、エルドリッドさんの考えていたルートは違ったようで。

「いや、まずはこっちだこっち」

「そっち？　そっちって確か……」

エルドリッドさんが示したのは、進行ルートからだいぶ逸(そ)れた場所だ。そこは僕も覚えがある。この階層のアイドル的存在であるアザラシくんたちがいる場所へ向かうルートだった。

「おーい、行くぞー」

「エルドリッドさん早っ！　ちょ、ちょっと待ってー！」

僕が考えている間にも、エルドリッドさんはずんずんと進んでいく。もう待ちきれないとばかりに早足で向かう姿は、まるで散歩に出たわんこのよう。この人というか尻尾族全般ってもしかしたら大概わんこにたとえられるのではなかろうか。

僕が追いつこうと走り出した折のこと。

「む――テメェ邪魔すんな！」

エルドリッドさんが、突然目の前に飛び出してきた『奇怪食花(クロッシュラー)』を持っていた剣で切り裂いた。出会いがしらでも何ら問題なし。むしろ、邪魔なものを適当に押し退(の)ける程度の感覚で攻撃した。もちろん驚異的なレベル差のせいで、『奇怪食花(クロッシュラー)』は茎の部分を簡単に切り裂かれて即絶命。生体反応なのか色んな部分がバタバタ動いているのは本当に気色悪い限りである。

――『奇怪食花(クロッシュラー)』。こいつはハエトリソウ系の食虫植物をでっかくしたような見た目を

していて、冒険者(ダイバー)を見つけると襲い掛かってくるアクティブなタイプのモンスターだ。

そう、襲い掛かってくるのだ。こいつは歩く。根っこを足代わりに使って——という植物にあるまじき生態を持っていて、この【水没都市】のそこら中を徘徊(はいかい)している迷惑極まりないヤツである。マジモンスター。

時折ギルドにズタズタになった冒険者(ダイバー)の死体が上がるけど、ほとんどはこいつにやられたものと思っていい。第4ルートに最初に踏み入る冒険者(ダイバー)の関門とも言うべきモンスターでもあるのだ。

エルドリッドさんにとっては、そんなモンスターも脅威ではないらしい。というかレベル48もあればたとえ先手を取られたところでなんの痛痒(つうよう)も感じないと思われ。

もしかすれば爪で引っ掻(か)いても倒せるんじゃなかろうか。

「できるぞ」

「マジですか……」

エルドリッドさんは、なんてことはないというように爪をジャキンと伸ばしてみせる。

獣頭族の人が爪を出していたのは見たことあるけど、尻尾族であるエルドリッドさんもそんなことができるのか。お手手は完全に僕たちと同じ人間のそれなのに、どうなっているのか。

ワンちゃんなのか猫ちゃんなのかもうわけわかめである。

……ともあれそんなこんなでたどり着いたのは、プライベートビーチっぽいところだった。ここはモンスターが蔓延(はびこ)る階層には似つかわしくない美しい砂浜があって、リゾートにでも来たような気分にさせる場所だ。

しかも、ギルドの職員さんが常に見張り台にいて監視している。

なぜかというと、ここには保護を必要とする希少生物がいるからだ。

それは、浜にいる白くてもふもふのアザラシくんたち。ゴマフアザラシの赤ちゃんをそのままおっきくしたぬいぐるみみたいな生物で、群れで砂浜をゴロゴロしている。体毛暑くないのかなと思うけど、なんかそういうのは大丈夫らしい。

——『合唱アザラシ(コーラスシィール)』。【水没都市】では波打ち際を縄張りにしており、ここで集団生活をしている生物である。ナマモノではないのであしからず。

彼らの生態の特徴といえば、やたらと人懐っこいというところかな。人が近づくとすぐに寄ってきて構って欲しいアピールをする。ほんとマジかわいい生き物。

そのおかげでここ【水没都市】は、アザラシくんたちとのたわむれを目当てに来る人も多く、だいたい冒険者(ダイバー)が遊びに来ている。比率は女性が多いものの、男性もそこそこ遊びに来るほどだ。

そしてこのアザラシくんたち、モンスターではなく、異世界特有の生物だ。【大森林遺跡(だいしんりんいせき)】の『歩行者うさぎ(ウォーカーラビット)』もこの分類に入るね。

僕はエルドリッドさんに訊(たず)ねる。

「ここにはなんで?」

「そ、そんなの決まってるだろうが!」

エルドリッドさんは小声で叫ぶ。慌てているというか、焦っているというか、ちょっと恥ずかしそうにしている辺り、まあそういうことなんだろう。エルドリッドさんもここに来る冒険者(ダイバー)の例に漏れず、アザラシくんたちとたわむれに来たということだ。というかこの様子だと、ここに来ると必ずたわむれてるっぽいことが窺(うかが)える。かわいい。

アザラシくんたちを見るエルドリッドさん、尻尾の動きがすごいもん。ワイルドで口調も男勝りっぽいけど、かわいいもの大好きらしい。

すると、エルドリッドさんが恥ずかしそうに訊ねてくる。

「こ、こういうのは、その、嫌か?」

「そんなことないよ。僕もアザラシくんたちは好きだしね」

「そ、そっか! ならいいな! 一緒に遊ぼうぜ!」

笑顔になって喜ぶエルドリッドさん。天真爛漫(らんまん)な感じが強い。もちろん冷静で思慮深さもあるため、天然というワードは引かれるけれど。こういう人と一緒だと、こっちも元気になるよね。

ともあれ。

「『歩行者うさぎ（ウォーカーラビット）』も、もっとかわいげがあればいいんだけどなぁ」

「ん？　クドー、ウサギは苦手なのか？」

「うん……苦手ってわけじゃないし傍（はた）から見てる分ならいいんだけど、あいつら僕の持ち物を奪って遊ぶんだよ。だからめんどくさくてさ」

「クドーが珍しいからじゃないか？　お前いろんなもの持ってるし」

「そうなのかなぁ」

「あとは構いやすそうだとか？」

「懐かれやすいのか、舐められてるのか……エルドリッドさんはどう？」

僕が訊ねると、エルドリッドさんが答える。

「オレは好きだぞ。あいつらフレンドリーだしな」

「ふ？　フレンドリーですと？」

耳を疑う言葉が飛び出してきた。僕は思わず真顔になる。フレンドリー。確かに撫でて欲しくて近寄ってくるのはフレンドリーなようにも思えるけど、ウサギケンポーかましてくるとか、冒険者(ダイバー)の物を盗(と)って追いかけっこして遊ぶのはいただけない。まあ、きちんと返してくれるんだけどさ。

僕が疑問を顔に浮かべていると、

「耳と尻尾があるからじゃないか？」

エルドリッドさんは耳を指さしつつ、耳と尻尾をぴょこぴょこ動かした。

「あ、そういう基準あるんだ」

「基本あいつら、オレたちか獣頭族にはハグしに来てくれるしな」

しかも向こうから来るのか。しかし獣頭族は猛獣とか猛禽(もうきん)とか多いから、そんなハグ、目を疑う光景になりそうな予感しかない。食われないのか。いや食べないだろうけどさ。異世界の食物連鎖ほんと謎すぎる。

「ちなみに会員証も持ってるぞ？」

「会員証？」

「ほら、これ」

エルドリッドさんはそう言って、カードを両手でちょこんと持って提示してくる。

しかしてそこに書かれていたのは、フリーダの某非合法組織『ウサギさんだいすきクラブ』の文字。ここフリーダのガンダキア迷宮で、日々『歩行者うさぎ(ウォーカーラビット)』を愛(め)でる活動をしているとかいうかなり怪しげな団体だ。

しかも会員No.は11506。つまりはこの非合法組織の会員って、フリーダの人口の1%は確実にいるってことだよね？　ヤバくない？

「おおぅ……まさかエルドリッドさんがあのクラブの会員だったとは」

僕はちょっと引き気味だ。

だってあのクラブの会員の人、僕も見たことあるけどすごい狂気な感じなのだ。ウサギを見つけるや否や目の色が変わるっていうか、我先にと突撃していくのだ。まあウサギに害を与えるつもりはなさそうだから、その辺の心配はないんだけど。

「お、オレを他の奴と一緒にするな！　きちんと節度は守ってるぞ！」

「ということは、他の人は節度守ってないの？」

「いや、まあ……ちょっとやりすぎな奴らが多少いるってくらいで」

「ちなみに守ってない人たちは？」

「クドーも見たことあると思うけど、ウサギを追っかけ回したり、抱き着いたりな。まあウサギたちも遊んでるっていう感覚だろうから、大丈夫だとは思うが。オレもやりすぎはよくないって思うけどよ」

エルドリッドさんはなんとも言えないというような表情でここにいない会員に苦言を呈

する。やっぱりヤバい奴はヤバいらしい。こわい。

そんなことを話しながら、アザラシくんたちの方に近づく。

水際でばちゃばちゃしていると、やっぱりアザラシくんたちは構って欲しいとばかりに近づいてきた。周りはすぐにモフモフだらけになる。二人で手分けしてなでなでしたり、抱き上げたりすると、気持ちよさそうに目を細めた。

「ほらー、こっちだぞー。えへへ……」

エルドリッドさん、呼びかけて寄ってきたアザラシくんをなでなで。本当に幸せそう。

ここのアザラシくんたちにはほんと癒されるよ。迷宮探索で下がったSAN値が急激に回復していく感じがする。下がった理由は主に師匠（あくま）のせいだけど。ありがたみ。

そんな中、ふとアザラシくんたちが一斉に鳴き声を上げた。

そしてそれはだんだんと揃っていき、リズムを取り、音楽のようになっていく。

そう、このアザラシくんたち、歌を歌うのだ。もちろん鳴き声なんだけども、きちんと合唱しているのがすごい。しかも美声。これもアザラシくんたちが癒されると言われる要素の一つだ。

そんでこの歌、なぜかモンスターを近づけない効果を持つ。モンスターはこの綺麗な歌声をやたら嫌がるらしく、聞こえるとすぐに逃げていくのだ。モンスター除（よ）けの晶石杭（しょうせきくい）もびっくりだ。

そんな歌を二人して——もちろん他の冒険者（ダイバー）もそうだけど、ぼけっとしながら聞いていると、ふいにエルドリッドさんはバランスを崩したのか、その場で滑って転んでしまった。

「うわわっ！」

ぼちゃん。

水際だったのがいけなかったのか、エルドリッドさんは全身びしょ濡れになってしまった。

「エルドリッドさん、大丈夫？」

「あ、ああ、悪い。ちょっと転んだだけだから……」

手を貸して助け起こすと、エルドリッドさんはわんこよろしく全身をぶるぶるさせて水を撥（は）ね飛ばそうとする。挙動が完全にレトリバーのそれだ。すごい再現度。

「うう……折角整えた尻尾がびちょびちょになった……」

濡れたせいで、エルドリッドさんのふわふわ尻尾がしんなりしている。よっぽど気にする部分らしい。涙目だ。

僕は手早く、虚空（こくう）ディメンジョンバッグからバスタオルを取り出す。

「はいこれ——」

「ああ、ありがとう」

僕がエルドリッドさんにバスタオルを差し出すと、彼女は鎧や上着である騎士装束を脱ぎ、肌着になった。

そう、いわゆる半裸である。

「ちょ、うわわわわっ!?」

「ん？　なんだ？　どうした？」

小首をかしげるエルドリッドさんに、僕は慌てて叫ぶ。

「どうしたって!?　エルドリッドさん!?　服！　服ゥ！」

「別に一枚着てるから大丈夫だろ。っていうかそんなに意識されるとこっちまで恥ずかしくなってくるんだが……」

結構薄いし、濡れてるしで、見えそうと言うか見えるヤバい。しかもそこそこお胸があることもあって、ちょっとボディラインがくっきりな感じになってしまっている。見える見える。ブラは着けない派なのかこの人。うへへ。

いや、やめよう。前にいるのは色々とマズいので、別のバスタオルを持って彼女の後ろに回った。

「あ、あああ、頭、拭いてあげるよ！」

「え？　お、おう。悪いな……」

照れ隠しと言うかそんな感じで申し出て、いろいろ有耶無耶にする。

すると、エルドリッドさんはなぜか少し俯いた。さっきとは打って変わってすごく大人しい。

頭を拭き拭き。垂れ耳も中までよく拭く。

「ちょ、おま、耳の中まで……あっ！　くすぐったいってバカ！」

「いやいや耳の中まで入ってたらことだし」

わんちゃんは耳の病気になりやすいし。その辺は念のためである。

「じゃあ次は尻尾を拭こうか！」

「し、尻尾を拭くだって!?」

「え？　うん。尻尾も拭いた方がいいでしょ？」

「ダメに決まってるだろうが！」

「なんで？」

「なんでって、そりゃあ……」

エルドリッドさんは、突然歯切れ悪くぶつくさ言い出す。一体どうしたのか。

「でもやっぱり濡れたままはよくないよ。ほら、いいから拭くよ」

「よくないのはわかってるけど！　っていうか勝手に——ふにゃぁあああん!!」

「にゃ？」

僕がエルドリッドさんの尻尾を拭き上げると、彼女は突然妙な声を上げて、その場に突っ伏してしまった。っていうかエルドリッドさん、わんこなのに「ふにゃぁあああん!!」とはどういうことなのか。わんこだと思っていたのは僕の勘違いで、実はにゃんこだったのか。

エルドリッドさんは腰や足をぴくぴくと痙攣させながら、涙目になって抗議する。

「こ、この、ばかぁ……」

「いやさすがにちょっとそれは大げさすぎるんじゃ。尻尾拭いただけだよ？」

「それはそうだけどぉ……急にやられたらびっくりするだろうがぁ……」

「もしかして尻尾族の人って尻尾が弱点なの？」

「そ、そういうわけじゃないけど……」

ならどうして、ダメなのか。尻尾くらい平気だと思うのだけれど。

ともあれエルドリッドさんはいまので腰砕けになってしまったのか。へろへろ状態で、身体に力が入らない様子。口調も心なしか弱った感じになっている。

こう、尻尾を握られて力が抜けるなんてどこぞのヤサイ星人ではないか。あのネタ、後の回で尻尾を鍛えて克服とかいう話が出てきたせいで、結局死にネタになったけどさ。

だけどまあ、尻尾が濡れたままというのはよくない。わんちゃん基準ではあるけれど、濡れたままにしておくと雑菌が繁殖するため、皮膚病や悪臭のもとになる。

迷宮から戻ったらきちんと洗うだろうけど、念のためという奴だ。

「ほら、恥ずかしがらなくていいから」

「ちょ、やめ！　やめろって！」

「すぐ終わるすぐ終わる」

僕はそう言って、手早く拭き拭きすることに決めた。エルドリッドさんが恥ずかしがるのは、拭かれるからだと思ったからだ。さっきだって頭や耳を拭くときに、恥ずかしそうにしていたし。それならさっさと水気を取ってドライヤーを使えばいいわけだし。

「ふぁ！　ちょ、やめ！　それダメっ！」

尻尾を摺り上げるように拭くと、変な声を上げ始める。なんか僕が悪いことをしているみたいだ。

次は付け根に手をつける。

「ばかばか！　どこ触ってんだ！」

だから尻尾ですってば。決してそれ以外のところはおさわりしていないということをここに明記しておく。というか尻尾にだってタオル越しだ。いかがわしさはミリ単位もない。

「にゃぁああああああああああああああん!!」

どうしてこの人にゃんにゃん啼くのだろうか。そこんとこ不思議でならない。

ちょっと面白いなと思いつつも、手早く終わらせる。

やっぱりエルドリッドさんは突っ伏したまま、白目を剥いてしばらく動かなくなってしまった。やっぱり腰とか脚とかビクビクしている。生まれたての小鹿みたい。

「や、やりすぎたかな……?」

別にそれほど強くしたつもりはないのだが、どうしてなのか。以前に会ったときも拭きはしたから大丈夫だと思っていたのだけれど、まさかこんな感じになってしまうなんて思うわけないじゃん。

もちろん、復活したあとは涙目で睨まれたわけだけど。

「この……ダメって言っただろうが!」

「ごめん! こんなことになるとは思わなくて!」

「こ、これは貸しだかんな!」

「う、うん。わかったよ。なんかで絶対返す」

「絶対だぞ! 絶対だかんな!」

自分の身体を抱いて言うなんて、なんかいかがわしいことをしちゃったみたいな気分にさせられる。

このあとはまた前みたいにドライヤーを出して、エルドリッドさんの髪や尻尾を手早く乾かした。

貸し借りの話で決着がついたからか、それともエルドリッドさんがさっぱりした性格だからか、その後は特に尾を引くこともなかった。

まあ、ときおり恨めしそうな視線を向けられたりはしたのだけれどね。

そんな感じでアザラシくんたちとのたわむれタイムが終わったあとは、【水没都市】を探索しつつ、その先の【赤鉄と歯車の採掘場】をちょっと覗いて、その日は引き上げた。

ん？　当初の目的の『大猪豚』はどうしたかって？　そんなの万全のエルドリッドさんに敵うはずもない。出会って五秒でスライスされた。うん。高レベルの人の武力ってやっぱコワイわ。決して憂さ晴らしとか、八つ当たりではないことを祈ろう。うん。

第15階層　とろける味は正直ヤバい。超ヤバい

——冒険者(ダイバー)のチームはどこでも、最低一人は魔法使いが欲しいと思っている。

それは、魔法という不可思議な現象を操ることができる存在というのが『非常に希少』だからということもあるけれど、それ以上に、魔法使いというのは冒険者(ダイバー)にとってなくてはならない存在だからだ。

魔法使いとしての素養がある者は、他の者よりもレベルを上げるための必要経験値(スコア)が高く、レベルが上げにくかったりもする。そこだけを見ればただのお荷物でどうしようもないヤツだけど、超常の力を操るため、低レベルでも八面六臂(はちめんろっぴ)の活躍ができるというのもあるし、回復魔法によって仲間の傷を癒したり、虚空(こくう)ディメンジョンバッグによって荷運びの労力を軽減したりできるため、冒険者(ダイバー)に常に付きまとう苦悩を解消してくれる嬉しい味方となるのだ。

だからこそ、ランクの向上を第一に考え、成り上がろうとする者たちは、挙(こぞ)って魔法使いを集める傾向にある。

僕の友人であるミゲル・ハイデ・ユンカースがリーダーを務める『赤眼の鷹(ホークバッカス)』にも、魔法使いが一人いるそうだけど、ミゲルも魔法使いの勧誘は常にし続けているのだという。

魔法使いが一人いればリスクは軽減、迷宮からの生存確率は格段に上がるのだから、一人で満足するなんてことはないのだろう。

ともあれ、今日も冒険者(ダイバーズ)ギルドおよび迷宮入り口前、窓口正面大ホールは、魔法使い募集の立札を掲げている者たちの姿であふれていた。

——曰(いわ)く、赤の魔法使い募集。迷宮初心者も大歓迎。あなたの炎の魔法、役に立ててみませんか？

——曰く、急募！　緑の魔法使い！　あなたの力でうちのチームの風通しもよくなること間違いなし！

——曰く、黄の魔法使い求む。チームの壁役、退却時の遅滞戦闘など、チームを守る要(かなめ)はあなた！

――曰く、迷宮深度30【赤鉄と歯車の採掘場】を攻略中。青の魔法使いは初心者でも大大大大大歓迎。

……等々。必死である。

まあ、それもむべなるかなだ。魔法使いの全体数が少ないのに加え、魔法使いはどこかの国に仕えればそれだけで好待遇、高給取りになるため、主な就職先候補はそっちになりがちで、無理に危険きわまりない冒険者になりたがる者などまったく全然いないのだ。誰だってまったりのんびり生活したいし、好きなことだけしていたいだろう。僕だってそうだ。一生ダラダラ好きなこととして生きていたい。思うだけは自由だ。現実はひじょーに不自由だけれど。

ともあれそれゆえ、どこのチームも慢性的に魔法使い不足になっており、常に取り合いをしているという。それでチーム同士の戦争に発展するということもあるというのだから、当事者には決してなりたくない。迷宮で人間同士戦って何の得があるというのかという話だ。無駄なこと極まりない。

立ち止まって、勧誘合戦をぼけっとした様子で眺めていると、いかつい男が僕に気付いて睨みつけてくる。

「おい、なんだよ？　お前、なんか文句でもあるのかよ？」

「あー、いえ特にないです。すみません」

いかついおっさんに詰め寄られたせいで、素直に謝ってしまう小市民の僕。いくら魔法使いでも根っこが臆病こじらせすぎなため、やっぱりガン付けられたり、すごまれたりすると怖いのだ。気が弱いのは生まれつきだから仕方ないんです。そう簡単に変えられませんて。

「俺たちは魔法使いの勧誘で忙しいんだよ。さっさとどっか行きな。見せモンじゃねぇ」

「…………はい」

また怒られると思うと怖いことこの上ないので、そそくさとその場から離れる。

いちおー僕だって彼らが求める魔法使いなのだけれど、僕が彼らから誘われることはない。まったくない。この世界で魔法使いと言えば、必ずと言っていいほどファンタジー世界の魔法使いよろしく、ローブ姿で、各々個性的な杖を持っているのだ。以前一緒に冒険した緑の魔法使いのリッキー、リッキー・ルディアノの出で立ちがデフォと言えばいいだろう。

それに反して、僕はサファリジャケットに、サファリハットなど、『スーパー○としくん』然とした恰好をして遊びに来ているため、誰も彼も僕が魔法使いとはわからないのである。魔杖(マジックロッド)は必要なときにしか出さないし。魔法は必要なとき以外は使わないようにしてるし。「僕、実は魔法使いなんです！」って感じの自己申告もまるでしないから、誰も僕が魔法使いだってことを知らないのだ。

ちなみに、魔法使いは色で呼ばれている。炎を操る者は赤、水なら青、緑なら風、土なら黄色だ。主に魔法使いはこの四種類であり、紫の魔法を使う僕は例外となる。

おそらく……おそらくだけど、僕が窓口正面大ホールで魔法を披露すれば、勧誘が殺到することだろう。この世界には、魔法使いなら誰でも覚えられる汎用魔法や回復魔法を除き、四種類の魔法以外はないとされている。そこへ新たな色の魔法を使う者が現れたなら、どうなるかは想像に難(かた)くない。

色々なチームが我先にと手を挙げて、僕のあずかり知らないところでどこが引き抜くかを決める会議が行われるだろう。それくらい、魔法使いは重宝されているのだ。超怖い。

じゃあそろそろ受付に行こうかなーと思って歩き出すと、いつもの窓口には先客がいた。

受付をしていたのは、だいたい僕と同い年くらいの少年少女三人チームだった。

かなり明るい雰囲気で、和気藹々(わきあいあい)と会話をしており、初々しさが感じられる。見たところ装備の傷は少なく新品のようだが、ちょっとこなれている感じがあるため、おそらく冒険者(ダイバー)になって一か月くらいだろう。

　フリーダに来て冒険者を始めてまだ半年そこそこである僕には、人のことはまったく言えない嘴の黄色さなのだけれど。

　見たところ初心者大歓迎の階層【大森林遺跡】からちょっと先の階層へ行けるようになった辺りだろうか。あと2、3階層先へ進めるようになると、大体の冒険者は目がギラついてくるから、そんな感じだ。たぶん、一番楽しい盛りだろう。僕もそうだったけど、この時期はレベルも上がりやすいから、それこそ寝る間も惜しんで潜りたくなる。大当たりのゲームを手に入れたときに、ぶっ続けでやりたくなるあの気分だ。やめ時がわからなくなって寝不足になって後でひどい目に遭うアレである。

「あ、クドーくん、クドーくん！」

　僕が受付を待っていることに気付いた僕の担当受付嬢のアシュレイさんが、手を振って呼びかけてくる。

　こっちに来いとでも言うのだろうか。

「どうしました？　まだそっちチームの受付終わってないでしょ？」

「そうなんだけど、ちょっとね」

　そう言って、やはり来い来いと手招きをするアシュレイさん。今日は一体何を考えているのだろう。お金に関することである可能性も否めないため、警戒は怠らない。

すると、受付にいた駆け出しチームのリーダーが気付いたらしく、

「彼は？」

「私の担当の冒険者（ダイバー）のクドーくんよ」

アシュレイさんはそう言って、簡単に僕の紹介をする。そして、

「それでね、クドーくん」

「はあ。お金なら貸しませんよ？」

「ちょっとまたその手の話？　私がクドーくんからお金なんか借りるわけないでしょ？」

「でもタカリはしますよ的な？」

「そうそう君も観念して私に貢げ……ってやかましいわ！」

威嚇するように机をバンバンするアシュレイさん、ナイスなノリツッコミでした。ありがとうございます。

そんなアシュレイさんは一度咳払いをする。

そして、やけに媚（こ）びるような声ですり寄ってきた。

「あのねークドーくん、彼らねー、魔法使い募集してるんだってー」

「そうですか。僕はどこのチームにも入りませんよ？」

気味が悪いくらいニコニコと話しかけてくるアシュレイさんに対し、僕の態度はつーん

である。つれない返事だけど、これも仕方がない。一度でも「まあいいですよ」なんて甘い顔をしてしまえば、他のチームに僕のことを紹介され、わずらわしさが増大するのだ。ここは人でなしと思われても、素っ気ない態度で乗り切らなければならないのである。すまぬ。

するとアシュレイさんは聞こえよがしに大きなため息を吐いた。

「またそれ？　私はね、クドーくん。あなたもうそろそろどこかのチームに入った方がいいと思うの。ほら、その点彼らもいまちょーど魔法使いを欲しがっているし、どう？」

「遠慮させていただきます。僕は気ままに迷宮で遊びたいんです。だからノーです」

「…………あのねぇ、迷宮に遊びに行くって言うの、あなたとドラケリオンさんくらいよ？」

「ライオン丸先輩のは桁が違うでしょ？　桁が。あの人深度50でも鼻歌交じりに遊んでそうな人外ですよ？　もっとも獣頭族だから人外だけど」

「……まあ、そうね」

僕がアシュレイさんと会話している中、現在絶賛受付中だった駆け出しチームのリーダーが、

「えっと、もしかして魔法使いさんなんですか？」

「うん、一応ね。でも、まだ魔法を覚えて半年で、フリーダに来たのも半年前だし」

「ということは見習いってことですか……」

　彼は見習い魔法使い話を聞いて、少しだけ残念そうにしている。そりゃあ見習いよりも一人前の方が魅力的だろう。聞こえ的にも、実力的にも。だけど、このまま魔法使いを欲しがっているチームの魔法使い紹介してくださいい的な意欲を削ぐことができれば、簡単に解放されるはずだ。しめしめである。

　ふと気が付けば、アシュレイさんが目を見開いたまま固まっていた。

「…………」

「どうしましたアシュレイさん。そんな面白い顔して。変顔の練習ですか？」

「……あの、クドーくん？　いまの話ほんと？」

「ほんとですよ？　アシュレイさんも知ってるじゃないですか？　僕がフリーダに来て半年のぺーぺーぺーのぺーだってこと」

「そうじゃなくて、魔法使いになって半年ってところよ！　クドーくんって、もともと魔法使いだったんじゃないの!?」

「……いいえ？」

「メルエム魔法学園卒業したとか!?」

「全然」

「ヴァインベルグ出身だとか!?」

「出身は日本ですね。生粋の日本人です。ビバ、ジャパニーズッ！　イエイ！」

「…………」

アシュレイさんは面白顔を宴会芸バリの変顔に変化させた。そして、眉間をぐりぐりと揉み始める。

「も、もともと只者じゃないとは思ってたけど、こ、ここまでだったなんて……」

「あのぉ……」

ふと、駆け出しチームのリーダーが困り気味に声をかけてきた。のけ者状態だったからだろうね。

すると、何を思ったかアシュレイさんが、がばっと顔を上げて、彼の方を向く。

「このクドーくん、私が担当している中でも一番レベルが高い魔法使いなの」

「え？　あの、アシュレイさん？　なにを急に」

「レベルは34。いつも深度30の【暗闇回廊】に楽勝で潜ってる凄腕冒険者よ。しかも特級ポーションマイスターでもあるわ」

「ほ、本当ですか!?」

「嘘は言いません」

アシュレイさんはふんすと鼻息も荒く、言い切った。もうきっぱりと。僕は凄腕と言われるほどの冒険者(ダイバー)ではないのだけれど、どれだけ過大評価してくれるのか。ちょっと要領よくというか姑息(こそく)な手段で階層を下りたり素材を集めたりしているだけなのに。冒険って言うほど冒険とか、戦いとかしてないのに。師匠と潜るときは除くけど。

ともあれ、そんなことを聞いた駆け出しチームのメンバーは驚きの表情を向けてきて、

「す、すげぇ……高レベルの大魔法使いだ」

「特級のポーションマイスターって、フリーダにも数人しかいないって……」

「いや、あの、ほんと、違うんですって」

尊敬のまなざしが痛くて痛くて仕方がない。師匠曰く魔法の腕だってまだまだだし、ポーションマイスターのことだって栄養ドリンク混ぜてみただけなのだ。それを考慮すると、やっぱり尊敬されるほどすごいことをしたわけでもない。改めて考えるとほんとそう思う。

まあ話の問題点はそこではなくて、

「というかアシュレイさん……勝手に人の情報を漏らすのって規約違反なんじゃ……」

「うるさい！　ちょっとくらいいいじゃない！　君は隠しすぎてる！　普通はもっと公開してもいいものなのよ!?」

「そんなことないですよ。プライバシーの侵害です」

「私の知らない言葉使わないでよ！　わからないわ！」

目を三角にしているアシュレイさん。もう何言っても無駄だろう。

「あ！　でもランクは３８０３８位なんだよね僕。三万台」

「は？」

「ふ？」

「ほ？」

駆け出しチームが驚きの表情を浮かべる中、どうやら僕はまたアシュレイさんの怒りの炎に油を注いでしまったらしく、背後から彼女にどんよりとした雰囲気を背負った般若（はんにゃ）のような表情を向けられる。

ゆらぁ……って感じだ。

「だぁ〜かぁ〜らぁ〜早くランク上げの査定しなさいっていつもいつも言ってるでしょ!?　どうしてやらないのよ！　バカなの？　あなたバカなの？　それとアホなの？　アホの子？　よくいる勉強ができるアホってやつ？」

「ちょ、アシュレイさんひどい……」

「言われてもしょうがないわよ！　このおバカのクドーくん！」

アシュレイさんに馬鹿馬鹿言われへこむ中、駆け出しチームのリーダーが、

「ランク、上げないんですか？」

「ランク上げると勧誘がすごくなるだろうし、難しい迷宮任務とか押し付けられるって聞いたからね。パスパス」

「なんでパスするのよー。お願いだからもっとやってよー。担当である私の評価も上がって、ボーナスの査定もよくなるし、お洋服とかもバッグとかも買えるのよ？　いっぱいー！」

「それ完全に個人的な欲丸出しですよね」

「えへ。私がこの仕事を選んだ理由の一つが、実入りがいいからだし」

「確かにお給金高い仕事は魅力的ですね」

「でしょ？　そう思うでしょ？　なのに、お金の話をしたら、意識高いヤツがねちねちねちねちと、仕事のやりがいとか説くのよ？　そんなあんたみたいな仕事の奴隷なんて一握りだっての――」

「あるある」

「でしょー!?」

僕はストレスをため込んでいたらしいアシュレイさんに、合いの手入れまくりである。

だけどちょっと調子に乗って本音を引き出しすぎたか。よく見れば、前途ある若者たち（僕と同年代）が、ドン引きしていた。

もちろんだけど、受付がそんな話をすればさすがに困るだろう。信用第一の職業で、金金と連呼されれば、ちょっとご遠慮したくなる。

「ちょっとみんな引いてるじゃない！　クドーくんのせいよ！」

「ひどい理不尽を見た」

決して僕のせいじゃないはずだ。うまいこと合いの手を入れていただけである。さっきのお返しだ。

「で、どうなの？」

「だから遠慮します。無理です」

「いいじゃない？　これから潜るんでしょ？」

「いいえ、まずそこから違うんですよ。そもそも僕は今日潜りに来たわけじゃなくて」

「え？　じゃあどうして？」

「昨日頼んでたものを引き取りに来たんです」

「えーと、クドーくんに頼まれてたもの……あっ!?　ちょっと待ってて！」

アシュレイさんはやっと思い出してくれたか、手を叩いて奥に引っ込む。ギルド受付では、冒険者同士や業者さんとの取次的な業務もやっているため、冒険者からの依頼も引き受けてくれる。今回は、僕が迷宮で採ってきた食材を、受付を介して専門の業者に加工してもらったのだ。料金はすでに支払っているから、手ぶらでいい。

やがてアシュレイさんが大きめのポットを持って現れる。

「はい、これね。言われた通りに真珠豆を水に浸して、すり潰して、煮込んで、搾って出したヤツ。なんかたっぷり取れたって」

「ほんとだ」

受け取ったポットは、すごくずっしりしていた。軽く上下に動かすと、ちゃぽんという水音とともに、波打つ感覚が腕に伝わってくる。

すると、駆け出しチームのリーダーが、気になるというような様子で、

「アシュレイさん、これは？」

「さっき言ってた【暗闇回廊】の先にある、【常夜の草原】でしか採れない迷宮食材から作ったもの、みたいよ？　……私ももとの迷宮食材は食べたことないんだけどね」

「へー、そうなんですか」

それは正直、意外だった。受付は業務が結構大変だから、迷宮ガイドの次くらいに高給取り。しかも迷宮に関わるため、迷宮食材にはかなり縁があると思ったのだが、真珠豆を

食べたことがないとは。

「真珠豆なんてそうそう市場に出回るようなものじゃないし……っていうか食堂のおばさん驚いてたわよ？　どうやってこんな大量に採ってこれたんだーって」

「マッピングしてたら、いいスポットが見つかりまして」

「そういう情報提出しない？」

「嫌です。見つけるのに苦労したんですから。というかすでに知ってる人絶対いるでしょ？」

「それがそんなことなくてね、開けた階層になるとどこまでも行けるから真面目に地図作る人ってあんまりいないのよ。徘徊するモンスターも強いから大変だし、地図作ってもクドーくんみたいに独占しちゃうし」

当たり前だ。折角の自分だけの狩場を他人に教えるなんてしたくない。取り分が減る。

特にこの真珠豆という迷宮食材は確保しておきたいものだ。まるで真珠のような見た目の豆類で、迷宮深度40【常夜の草原】で年中採れる。栄養価も高く、しかもおいしい。大豆と濃い牛乳のいいところをミックスして超パワーアップさせたような食べ物だ。向こうの世界に持っていったら食の革命さえ起こるだろうそんな代物である。

こちらの世界では、水かミルクで煮込んで供するのが一般的なのだそうで、豆乳に関しては作り方さえ知らなかった。そのため、作り方の資料を写真付きで作って、こっちの言葉に翻訳して渡したのだけど――

「で？　クドーくん。それ飲むの？　すり潰して煮込んで、液体にしちゃったら、もったいないと思うんだけど」

やっぱりここではそういう認識らしい。あっちの世界の中世欧州だと、アーモンドミルクとかあったらしいけど、こっちには植物性の乳製品はないのかもしれない。

「これ、調理するんですよ。もちろんこれから、そこで」

「それで？」

「ええ。これを使って」

そう言ってポットを揺らすと、アシュレイさんはいいことを思いついたというように手を叩いて、

「あ、じゃあ私もお昼休みだしごちそうになろっかなー。なんか気になるし」

「いいですけど、そっちの彼らの受付の方はいいんですか？」

「ちょうど終わったところだったのよ。これから潜るところだって」

「なるほど」

なら、問題はないか。そんな風に思う一方で、駆け出しチームは料理と聞いてちょっと

気になっている様子。そわそわである。そりゃあ珍しい迷宮食材を使うのだ。それを料理すると聞けば、誰だって気にもなるだろう。

　これから作るのは料理ってほど手間をかけるようなものじゃないんだけどね。

　ともあれ、

「ちょうどいいし、君たちも食べる？」

　僕が訊ねると、駆け出しチームの面々は顔を見合わせた。幸い真珠豆のミルクは想定外に沢山ある。三人や四人増えたところで、どうということはない。

　特に言葉を交わすまでもなく、三人の意思は一致していたか。

「では、お言葉に甘えて……」

「おっけー。じゃあ向こうの席に行こっか」

　そう言って、テーブル席が置かれている一角へと移動する。

　そして目的の場所に着くなり、虚空ディメンジョンバッグから出したのは、小さめのホットプレートだった。

　もちろん、この世界ではオーバーテクノロジーなアイテムである。

「クドーくん、それ、なに？」

「食材を温める道具ですよ」

「火は？　どこにつけるの？　もしかしてこの上で燃やすとか？」

「いえいえ、火は使いませんよ」

「はい？　火を使わないって、じゃあどうやって温めるのよ……」

「まあ見ててくださいよ。あ、黒い部分が熱くなるから触らないように」

四人に火傷に注意と口にして、ポットを持ち上げる。

「まずこれに真珠豆のミルクを流し込んでっと……」

ちゃぷちゃぷという音と共に、フッ素コーティングの黒がミルクの純白で塗りつぶされていく。真っ白で照りがある。本当に真珠のような光沢だ。ちょっと眩しく感じてしまうくらい、白い。

流し込み終わったら電源を入れるわけだが、その電力は……もちろん僕の魔法である。

「ふふふ。この日のために、日本でもずっと電圧と電流の微調整を練習してきたんだ」

師匠が聞いたら「無駄なことにばかり力をかけてこのバカが……」と呆れるだろう。だけど、おいしいものを食べるためには、労力を惜しまないのが僕なのである。これができるおかげで、ドライヤーとかも使い放題なんだけどね。

一方周りを見ると、みな不思議そうな顔をして、ホットプレートを囲んでいた。これから何をするのか見当もつかないのだろう。

やがて僕の一連の行動を見ていたアシュレイさんが、

「それで、これは？」

「これは……湯葉（ゆば）パーティーです！」

そう、これから僕が作ろうとしているのは、いわゆる生湯葉という奴だ。鍋やフライパン、ホットプレートに豆乳を注いで加熱するだけの、家庭でできるお手軽湯葉パーティー。普通は成分無調整の豆乳を使ってやるのだけど、今回は異世界の食材で敢行する。もちろん、真珠豆のミルクを加熱して、表面が固まるのはすでに確認済みだ。これは完全に大豆の上位互換的食材なのである。

「……その、ユバというのは、おいしいんですか？」

「まあ真珠豆のミルクを使っているからおいしいとは思うけど……」

「あ、あったかくなってる。なにこの道具。魔法使いの作った道具とか？」

「いえ、文明の利器ですね」

僕がそう言うと、アシュレイさんは首を傾（かし）げた。ツッコミどころは満載だろうけど、まあ深くは訊かないで欲しい。

温めている間にうちわであおぎ、それをいったん止めいくつか小鉢を取り出して、日本から持ってきたポン酢醤油や出汁（だし）醤油を注いでいく。

「それで、これにつけて食べるんです」

「いや、つけるって、何を？」

「これを」

そう言って、菜箸（さいばし）でミルクの表面をつまんで持ち上げると、純白の湯葉がにゅるりと現れた。

「うわ、なんか出てきた！」

「ちょっと、それ、もしかして表面の固まったやつ？」

「それを食べるんですか？」

「そうそう」

駆け出しチームに適当な返事をしながら、あらかじめ用意していた大皿に置く。引き上げた湯葉は皿の白色と比べてもすごく真っ白で、美しかった。

「おお、すごい真っ白でつやつやだよ……」

普通は黄味がかったり、わずかに茶色くなったりするのだが、真っ白を保ったままだ。しかも皺（しわ）がなく、ガチで薄絹を持ち上げたかのよう。超シルキー。なんかまず物理的にめっちゃおかしいんだけど、異世界の食材だ、なんでもアリだろう。細かいことなんか知るか。

「まず僕から味見でいいですよね？」

「いいけど……」

アシュレイさんは不安そうだ。表面に固まった膜を掬い上げただけのものゆえ、味が想像できない——いや、ホットミルクの表面にできる膜でも想像しているに違いない。だけど残念、湯葉はそれとは別物なのだ。

ともあれ、他四人の見ている前で、僕は出来立ての湯葉を出汁醤油に付けて口へと運ぶ。

「うはぁ！」

「え？　クドーくん？」

突然大声を上げた僕に、アシュレイさんは困惑し出す。だけど、これは衝撃だった。

「濃厚！　すっごい濃厚だこれ！　しかも超とろとろ！　マジうめーですよ！　やばい、とろとろすぎて意識までとろけそうかも……」

口の中に広がる濃厚なうま味に、ついつい一人で大興奮してしまう。でも仕方がない。とろっとろで、口に入れた瞬間口の中までもがとろけてしまうような感覚になるのだ。しかも、そのとろとろ感が脳にまで浸透してくる。これはヤバい。脳みそまでとろとろに侵されて語彙が死にそうだ。ヤバい。

しばし、真珠豆湯葉の余韻にとろけていると、僕の恍惚とした表情を見ていたアシュレ

イさんが、我慢きかなくなったらしく、

「……クドーくん、そのー、私も食べていいかな？」

「あ、どうぞどうぞ」

余韻から回帰して立ち上がり、出来上がった湯葉を菜箸で大皿に取ってあげると、アシュレイさんはあらかじめ渡してあったフォークで湯葉をちょんちょんと突っつき始める。

「ほんと、とろとろね」

真珠豆の湯葉は意外と固まりやすいらしく、他の三人の分もすぐに取り上げた。

すると、

「これが食べ物……」

「こうして重ねるとなんか『粘性汚泥（ポップスライム）』みたいー」

「おいその例えはヤメロ！　食欲失（う）せるわ！」

やはり高級食材ゆえ、物珍しいのか。

この異世界ド・メルタ、食材はやたらと豊富なのだけど、そういったものにありつけるのは稼ぎがいい人たちに限られる。もともとお金を持っている冒険者（ダイバー）たちなら話は別だけど、この生活を始めたばかりの駆け出しでは、安いパンや安い草に安い草に安い草、豆、イモ、ときどき安い謎肉くらいしか食べられないのだ。いやほんと世知辛（せちがら）い。

おそらくは駆け出しチームにとっては、これが初めて食べる迷宮の高級食となるだろう。

大皿に掬い上げたものを、各自フォークで取って小皿のポン酢醤油に付けて口へと運んでいく。

「はう！」

「うっ！」

「ひょえ！」

「こ、こいつは……！」

四人それぞれ、驚きの声を出す。さっきの僕よりも感情表現豊かで漫画もかくやという劇画調な反応。いくら何でもそこまでは大げさすぎだろと思ったけど……さっきのとろとろ感は異世界の人にはかなり強い衝撃だったらしく、次の瞬間には顔がとろけていた。

「ふあ、なにこれ、口の中がとろけていく……」

「す、すご、すごい……濃厚な味が、こんなの初めてだ……」

「あ、あたまが、あたまが、とろとろ、とろとろ……」

「う、うぉおおお！　うぉおおおおおお！」

全員、口に入れた瞬間ノックアウトだったらしい。噛む必要のないくらいとろとろだったからだろう。みんなまるでいけないお薬にでも手を出してしまったかのように、トランス状態になって昇天している。こいつはやばい。マズい物を食べさせてしまったかもしれない。

男性陣は踏ん張ってまだ何とか堪えているけど、女性陣は口の端からよだれを垂らして、すでにあられもない姿だ。食べさせた僕の方が引いている始末である。

「あの、アシュレイさん」

「ふぁ、ふぁに？　くろーくん……わらしはいま、お空のかならに、ひるのよ……」

「ちょ、戻ってきてー！」

「お、おい……ダン、だ、大丈夫か？」

「おれは、ギリギリだけど、なんとか……それよりもマールが……」

「ふへ、ふへへ……え、えへへへへ……」

ヤバい。うちのテーブルだけ超カオス。みんな食事しただけでテーブルの上をのたうち回って、全滅しかけてる。回復魔法が必要だろうか。いや、ザ◯リクとかレ◯ズとか蘇生魔法じゃないとダメかもしれない。周囲の冒険者たちが何事かと覗いてくる始末。大丈夫です。ちょっとメシでテロってしまっただけです。たぶんしばらくしたらもとに戻りますから。

……この世界の人たちは、意外にもおいしいものを食べたことが少ない。そのため、向

こうの世界に持っていっても革命を起こせるくらいヤバい迷宮の食べ物は、衝撃が強すぎたのだろう。しかも贅沢に豆乳を取って、調理して、向こうの世界の調味料を付けて食べさせたのだ。まさに食の暴力に等しかっただろう。

……一時ホットプレートの加熱を止める。

にしても、ヤバすぎだ。食べさせただけでこんなことになろうとは思わなかった。死屍累々とはこのことである。いや、二人はまだ根性が発動して踏みとどまっているけど。

しばらくして、みんなんとか復帰した。いや、ゾンビの如く復活して、湯葉ができるのを血走った目でいまかいまかとガン見して、でき上がるや否や貪りにかかっていたのだけど。

もちろん僕も食べるよ。いや、そのために作ったんだし。

やー、やはりうまい。とろとろだ。他の四人もちょっとは耐性がついたようで、四度目、五度目になると、普通に食べられるようになっていた。

……え？　二度目と三度目ですか？　それは訊いてはいけないですよ。女性陣が垂らしてはいけないお汁を垂らしていたとかそんなお話聞きます？

「ああ、幸せ……私食べ物でこんなに幸せを味わったの初めてかも……」

「ええ、このトロトロもそうですけど、このタレがいい具合にしょっぱくて酸っぱくて、このトロトロによく合ってる……」

「もぐもぐもぐもぐ」

「お、おれ、こんな美味いもん初めて食った……うめぇよ……まじうめぇよ……」

僕も食べていたけれど、いつの間にか取る係になっていた。こういうのはなんか見ているだけで楽しい。ちょっとしたお母さん的な気分になれる。

「こっちのタレもおいしいですよ」

そう言って、出汁醤油の方も勧める。

「あ、これもそっちのやつと違っていいわね。おいしい……ああ！　すごいわ！　またあの感覚が来ちゃう！」

……アシュレイさんがだんだん壊れはじめた。これ以上食べさせるのはマズいかもしれない。うん、本気で心配になる。

ともあれ、真珠豆の湯葉はすごい勢いでなくなっていった。

「おしいかったわ……クドーくん！　また真珠豆採ってきたら絶対連絡してね！　絶対よ！」

「は、はい……」

アシュレイさんに詰め寄られる一方、駆け出しチームの面々がおとなしくお礼を口にする。

「ありがとうございます。こんなおいしいものを食べられて……感激しました！」

「最後のパリパリもおいしかったー」

「おれ、絶対レベル上げてこういうの毎日食べられるようにするぞ！」

わいわいきゃいきゃいである。おいしいものが目標になるのはいいことだと思う。だけど、

「でも、あんまり急がないようにね。迷宮探索は、急がず、焦らず、なるたけ怪我(けが)を回避して、確実にレベルを上げるようにするのが一番だから」

「クドーさんもそうやって迷宮探索を？」

「そうだよ？　基本潜る前に潜る階層について入念に調べて、持ってくるものや持って帰るものを計算。モンスターは倒せる奴だけ倒して、目的が全部終わったらたとえ余力があっても必ず帰る。無茶は絶対にしない」

もちろんこれには師匠との潜行(ダイブ)は入らない。あんなことしてたら命がいくつあっても足りないのである。死ぬ。この前はホント死にかけた。いや、殺されかけた。

僕がそんなことを言うと、駆け出しチームの三人は意外そうな表情を見せた。

「………」

「どうしたのみんなして黙り込んで？」

「いえ、なんかもっとこう、毎日大冒険してるのかなって思って……」

「まさか。そもそも毎回大冒険して大変だったら、沢山潜れないでしょ？　怪我して休み、疲れて休みだったら、安定して経験値（スコア）稼げないし」

「あ……」

気付いたか。まず、迷宮探索のキモはそこなのだ。毎日安定して稼ぐには、怪我と過労を極力回避する必要がある。怪我をすれば治るまで待たなければならないし、ポーションや魔法使いの回復魔法にかかるにもお金がかかる。そうなれば、その間は経験値（スコア）を得られないし、治療費でお金を失えば、その分の補填（ほてん）でお金稼ぎ優先になり、これまた経験値（スコア）を稼げない。

そういったリスクは、どれほどレベルが上がっても、いつも冒険者（ダイバー）の最大の敵として立ちはだかる。宿屋に泊まれば次の日の朝にはヒットポイント全快……ということならば話は別だけど、いくらこの世界にレベルの概念やポーションがあるとはいってもそこまでゲームな感じではない。

一方、それに関しては思うところがあるアシュレイさんも話に乗ってきて、

「……それね、レベルが高い人でもしない人が多いのよ。名誉のためとか、お金のためと

か、そんな理由で。結局無茶するの。ランクなんて制度ができてからは特にそうだって、私の先輩も言ってた。結局冒険者(ダイバー)って見栄っ張りが多いのよ」

アシュレイさんの表情には、どこか諦めたような色がにじんでいた。受付嬢であるがゆえに、リスクに敗北してきた冒険者(ダイバー)を否応(いやおう)なく目の当たりにしてきたからだろう。

ともあれ――

「アシュレイさんがお金稼ぎを否定しただとっ……？」

「茶化さないで。私だって腐っても受付嬢よ？　冒険者(ダイバー)のことは心配してるの」

「さすがアシュレイさん。一生ついていきます」

「まったくもう、調子いいんだから」

アシュレイさんとそんな気安いやり取りをしつつ、駆け出しチームの方を見て、

「思うところがあるなら、一度シーカー先生にガイドしてもらいなよ。そこんとこみっちり教えてくれるから」

「クドーくんがチームに入れば解決だと思うけどねー」

「だからそれは無理なんですって」

茶化した仕返しか。アシュレイさんが蒸し返してきた。でもそれはできない。僕は学生だからこの世界の人たちの生活スタイルに合わせるのが難しいのだ。だから、チームに入

ると僕に合わせてもらうことになる。そうなると、結構大変だろう。ミゲルくらいランクが高いなら、話は別だろうけど。

湯葉パーティーセットを出しっぱなしにしたままそんな話をしていると、ギルドの入り口にスクレールの姿が見えた。

向こうもすぐにこちらに気付き、ぴょこぴょこと軽快に歩いてくる。

そして、テーブルに来るなり、

「アキラ……何食べてたの？」

第一声が挨拶ではなくそれなのか。とまあ、そんな感想はともあれ、

「あ、うん。いま湯葉パーティーをね……」

「私の分は？」

さすがスクレールさん、ちゃっかり自分の分を求めてくる食いしんぼさんである。僕はその質問を聞いて、ホットプレートの上を見た。フッ素コーティングのプレートの上には、白い小さなカピカピがほんの少しあるだけ。もちろんポットの中に、真珠豆の豆乳はない。

そう、なかったのだ。最後に残るパリパリのヤツも、全部僕や彼らの胃の中に消え失せたのだから。

「………ええっと」

「ないの？」

「その、あの」

「……ないんだ」

背後から『ゴゴゴゴゴゴゴゴゴゴゴゴゴ……』という、地鳴りというか、噴火直前というか、そんな効果音が聞こえてきたかのような錯覚に陥る。

スクレールはそんな不穏な雰囲気を作りながら、アシュレイさんに視線を向けた。

「アシュレイ、それ、おいしかった？」

「え？　ええ、それはもう。食べているときは幸せだったわ……とってもね」

「…………」

アシュレイさん、アシュレイさん、うっとりとした顔を作らないでください。それに反比例してスクレールの目付きが冷たくなってますから。

「しかもショウユウー付けて食べるものだし……」

「これ？　これはそのポン酢醤油ってヤツで」

「ポンズショウユウー……この前買わなかった奴」

ヤバイ。スクレールは醤油系の話になると目の色が変わる。皿に余っていたポン酢醤油を指に付けて一舐めして、一瞬だけぶるりと震えた。

「どうして残しておいてくれなかったの」

「いやだって来るなんてわからなかったし、ね？」

「ディメンジョンバッグがある。取っといておける」

「生モノはあまり取っておかない主義でして……ふぐうっ!?」

やにわに、スクレールにほっぺたをぎゅっと掴(つか)まれた。

「今度から何か作るときは必ず呼んで！　絶対！　義務！」

「はい！　ひゅいまひぇん！　ひょうかいひまひた！　ひぇったいよびまひゅ！　よびまひゅから！　はなひて！」

「今度勝手に何か食べたら、許さない。許さないから」

勝手に食うなとは無理難題である。というか、真珠豆を採ってくるのは急務かもしれない。

第16階層　ランキング表を見てたらトラブっちゃった

冒険者（ダイバーズ）ギルドの正面大ホールには、迷宮に潜る前に手続きをする受付の他に、いくつか施設が併設されている。

学校の体育館を数倍にしたような巨大なホールには、冒険者（ダイバー）たちの憩いの場である百を超えるテーブル席が設（しつら）えられ、迷宮入り口の大階段手前には、服や鎧に付いた汚れを落とす簡易の洗い場があり、お腹をすかせた冒険者（ダイバー）に安価でマズい飲み物やマズい食べ物を提供する食堂なども置かれている。

そして中でもひときわ目を引くのが、大ホール中央奥に設置された巨大掲示板だろう。

冒険者（ダイバーズ）ギルドが特定の迷宮物資収集やモンスター討伐を冒険者（ダイバー）たちに広く募る『迷宮任務依頼』や、冒険者（ダイバー）間で、必要な物資を交換しあうための依頼票が貼り付けられており、冒険者（ダイバー）の功績を順位化した『冒険者（ダイバー）ランク』もここで確認できる。確認できると言っても、貼り出されるのは上位一万位以上であり、その冒険者（ダイバー）がチームに所属している場合、貼り出されるのはそのチーム名とチームの最上位者であるため、実際には一万よりも少なかったりするのだけど。

ここに名前が載るということは、ガンダキア迷宮に挑む冒険者(ダイバー)たちの夢の一つであったりする。

「ふえー」

掲示板を仰ぎ見ながら、何とも間抜けな声を出したのは学校帰りの僕。

ランキングはひと月に一回、査定での変動が反映され、記載される情報が変わる。

冒険者(ダイバー)稼業は競争相手が多く、危険と隣り合わせの仕事であるため、変動は激しく、ついこの間載った新鋭のチームがランク落ちしたり、チーム解散、行方不明や全滅などの不穏な情報も記載されるけど、やはり上位は上位ゆえか、常に安定して名前を連ね、ランカーとして君臨している。

一位は不動の英雄ライオン丸先輩ことドラケリオン・ヒューラーさんで、その下には三大チーム。この前正面大ホールを占拠してすこぶる迷惑だった、人員はフリーダ最大のチーム『白爪の大鷲(イーグルタロン)』、ちょっと中二的なネーミングが痛い気もする他種族構成チーム『黒の夜明団(ブラックダウンオーダー)』、人員は他二つに劣るけど強力な冒険者(ダイバー)を多く抱える『勇翼(ブレイブウィング)』などがあり、そこから少し下にいくと、ミゲルが主宰する『赤眼の鷹(ホークバッカス)』がある。

他にももろもろ個人の名前が載ってはいるけど、当然僕の名前はない。僕のランクは3

８０３８位、三万八千三十八位である。あれに載るにはギルドの奴隷となってしこたま迷宮任務をこなし、アシュレイさんから信頼とよい印象を得て、ランキングの試験も頑張らないと無理だろう。

……迷宮任務に関してはランキングを見て適切なものが出されるため、いまのレベルだとまあ余裕がある。アシュレイさんの印象については問題ない……はず。問題は試験だ。ランク昇格の試験は例外なく午前中にやるとかまず学生には優しくない鬼畜ぶり。僕の皆勤賞が崩れてしまうのはちょっとヤダから諦めてるんだけど、あのランキングリストに名を連ねてみたい気もする。

けど、それに付随するわずらわしさを思うと、やはり及び腰になってしまうのだ。この前、師匠に言われたように、目立てば絶対に嫉妬を買うことになる。何かランクを上げなければいけない理由ができれば話は別だけど、いま躍起になってやるようなことではない。（やるなら、誰も手を出せないくらいレベルを上げて、知り合いを沢山作らなきゃダメかな）

最低でも、それは必須だろう。それこそランク１００位以内の実力にならなければ、出る杭は打たれるという事態になってしまうはずだ。友達が多いと、おいそれと手を出しにくくなるし。

あと、学業との折り合いがついてからというのもある。道のりはまだまだ険しいのだ。

「おい、クドー」

ランキングリストをぼけっと眺めていると、どこからか聞き覚えのある声が僕を呼んだ。若々しく、活力にあふれた少年の声。ミゲル・ハイデ・ユンカースのものである。

近くにいるのか、そう思って、声のした方を向くと、そこには柱に縄でぐるぐる巻きに括(くく)りつけられたミゲルがいた。

「んー?」

……つい、二度見してしまう。うん、柱に縄でぐるぐる巻きに括りつけられたミゲルがいた。

短く切り揃えた金の髪と、人懐っこそうな垂れ目。軽装鎧(よろい)に身を包み、片側に特徴のある肩当てを付けている。探索帰りなのか、ところどころ落とし切れていない汚れが付いていた。

「…………」

ともあれ、目が胡乱(うろん)になるのを禁じ得ない。どうしてか、彼は晒(さら)し者にされているらしい。よくよく見れば随分と目立つように縛られているけど、いままでは他の冒険者(ダイバー)の陰になっていて見えなかったのだろうと思われる。というか、そのまま気付かなければよかっ

た。なぜ声に反応してしまったんだ僕よ。

そんなミゲルと目が合ったけど、どう反応すればいいのかわからない。ミゲルはミゲルで、ニヤッといい笑顔を向けてくる。なんなのだろうか。ものすごく他人の振りがしたい気分がゲージマックスなんだけど。うん。

不自然でないよう細心の注意を払い、この場からゆっくりとフェードアウトしようとすると、

「おいクドー、無視すんじゃねぇよ。俺たち友達だろ？」

「僕は晒されてる人を友達にした覚えはないなー」

「冗談言ってねぇでさ。こっち来てくれよ？　な？」

ものすごく拒否したい気分に駆られるけど、さすがに無視はひどいか。

「………で、ミゲル。それ、なに？　新しい遊びかなにか？」

「これが遊びに見えるのかよ？」

「じゃあ羞恥プレイで快感を得ようとする高度に変態的な高レベルランカーにのみ許された闇の遊戯とか？　これ一つで羞恥プレイと放置プレイと拘束プレイが全部楽しめるとかそんなやつ。すごいね。僕には真似できないよ。さすが超高位ランカーは違うね。未来に生きてる」

「縛られてるだけで人を高度な変態に仕立て上げるな」

「じゃなかったら、罰ゲーム的な？　顔にご自由に落書きしてくださいとか……」

「おいお前下手なこと言うんじゃねぇよ!?　っておいお前ら！　ペンを出すなペンを！」

僕の言葉で思い至った周囲の冒険者（ダイバー）たちが、思い思いに筆記具を取り出して、ミゲルに迫ろうとする。この世界の人はみんなやっぱりノリがいい。

「違うんなら、やっぱり新手のプレイかなにかじゃないの？」

「……そうじゃねぇよ。ちょっとチームの女にやられてな」

「もしかして恋人さん？」

「おう」

恋人ちゃんといるのかうらやましい死ね。せめてくたばれ。

「地獄の業火（ごうか）に焼かれて消えろ」

「……？　何言ってんだお前？」

「うんう、なんでもない、なんでもない」

ともあれ、

「そこまでされるなんて、一体どんなことしたのさ？」

「別に悪いことはしてねぇぜ？　ちょっと別の女と酒を飲んで、ちょっとベタベタしたくらいだ」

「いやそれ完全アウトでしょ」

「どこがだよ？」

本気でわからないっていうような視線を向けてくる、歩く浮気者ミゲル。ベタベタとか言ってる時点でマズいだろう。おさわりとか絶対してる。うらやまし……いや、人としてどうかと思うなー僕なー。

「あのさミゲル。もし自分の恋人が他の男とイチャついてたら嫌でしょ？」

「嫌だな」

「わかってるじゃん。じゃなんでするのさ？」

「俺が男だからだな」

自信たっぷりに言い放たれたその言葉で、周りにいた女性冒険者(ダイバー)が若干引いた。顔に浮かぶ嫌悪感。無理もない。あんまりにあんまりだ。だけどそれは、稼ぎのいい冒険者(ダイバー)にのみ許された言葉だろう。この世界、甲斐性(かいしょう)というのは男の大きなステータスだ。恋愛よりもちゃんと生活できるかどうかに重点を置く人たちがかなり多い。僕の持ってる現代地球の価値観（高校生レベル）とはやっぱりいろいろ違うのだこの世界の人たちは。

まー引いた度合いが若干というあたりが、それを証明していると思われるね。

「まあそんなことよりもだ。早く縄を解いてくれよ」

「でもそれ解いたら僕がミゲルの恋人さんに怒られるんじゃない？　一緒に高度な変態プレイとかはやだよ僕」

「お前は友達を助けようとは思わないのか？　わが身かわいさで友達を見捨てるのか？」

「うん。もちろん」

「おい、即答すんなっての」

さすがミゲルはすかさずツッコミを入れてくれる。ナイス。

「で、冗談は置いといて、解いても本当に大丈夫なの？」

「そここだわるのな」

「話の腰を折らない」

「話の腰って、どの口が言うんだよ」

「いまは僕に生殺与奪の権利があることを忘れてもらっちゃ困るね。ふふん」

「家に戻ってるから問題ねーよ」

なら解いてあげても大丈夫そうだ。まあ、もし当事者がこの場にいたら、会話に入り込んできているだろうしね。

手早く縄を解いてあげると、ミゲルは身体の調子を改めるように肩を回し、

「ふぃー、やれやれひどい目に遭ったぜ」

「浮気したんだから自業自得でしょ？」

「あれは浮気じゃねえ」

「そこ譲らないんだ」

「俺は一途（いちず）だからな」

「よく言うよホント。ミゲルってば舌が三枚くらいあるんじゃない？」

「化け物か俺は」

舌の話はいまいち伝わらなかったか。似たような慣用句がこちらの世界にはないのかもしれない。僕がミゲルの言葉に呆（あき）れていると、ふと彼が訊（たず）ねてくる。

「で、お前の方は、今日はどうしたんだ？」

「あれだよ。あれ。今日情報の公開日だから」

そう言って、貼り出されたランキング表を指差す。

「リストを見てたのか」

「うん。変動見るのも、面白いしねー」

「ランキングに興味あるならお前も頑張れよ。魔法使いなら一万くらいすぐになんとかなるんじゃねぇか？」

「って言ってもねー」

もちろん前述の理由により、やるつもりはない。

ともあれ態度を曖昧にしていると、ミゲルは別な感じに受け取ったのか、

「迷宮じゃあ楽して物を得ることなんてできないぞ？」

「だよね。僕もフリーダに来てそれはずいぶん思い知らされた。何かを得るには、努力するか、それと同じくらいの価値のものを対価にしないといけないって」

「わかってるんだったら……」

「それとこれとは話が別なんだってば。タイミングとか、やることとかあるしさ。なんていうか、時期じゃないの。それに、あとはそうだね……まだ地に足がついてないっていうかさー」

「地盤が固まってねぇって？　それならなおさらチームに入ればいいだろ？　仲間がいれば、いざというとき助けてくれる」

「助けてくれる？」

訊ねるように視線を向けると、ミゲルは気っ風のいい笑顔を見せ、

「おう」

と、返事をする。

「やだミゲルさんってばカッコイイ。ムカつく」

「なんでそうなるんだよ……」

「男の嫉妬的な？」

「お？　それならちょっと優越感かも」

ミゲルはそんなことを言いつつ、笑いながら肩を叩いてくる。あそこで「おう」と返事をするあたり、やっぱり頼もしいし、かっこいい。なんというか、リーダーって感じだ。人の生活を背負っている感がある。

しばらくミゲルとダラダラだべっていると、ふと周囲が騒がしくなった。誰か有名人でも現れたのか。どうやらその予想は当たったらしく、一組のチームが掲示板の前に現れた。

「お、今年の注目チームのお出ましだぜ？」

ランキング情報を見に現れたのは、今年になってフリーダに流星の如く現れ、目覚ましい成果を上げているというチームだった。メンバーは他種族もいて、年も若く、美男美女が揃っており、なんと王国からの手厚いバックアップもあるという、期待の星だ。

実力もかなりのものらしく、迷宮深度20【黄壁遺構】とか迷宮深度30【赤鉄と歯車の採掘場】とかに縄張りを置くボス級を倒したとかで、一時期随分話題となった。レベルはおそらく、25~30台後半。フリーダに来る前からすでに、それくらいあったと思われる。

しかして、そんな彼らに、僕が抱いている感想はと言えば、

「なんかさ、魔王を倒しに行く勇者のパーティーって感じだよね」

年若い美男美女たち、そして目に見えて高価な装備をまとっていれば、そんな所感も抱くだろう。だけど、隣にいるミゲルは、そんな風には思っていないようで、

「あれがか？」

「うん？　だってそうは思わない？　そんな雰囲気出てるでしょ？」

「いや、全然？　むしろどうしてそんな雰囲気感じ取ってるか非常に疑問なんだが？」

「だって、キラキラしてるし、美男美女揃いだし、ランクとかも他に比べたら抜きんでてるし」

「確かにそれは言う通りだが――あれが魔王倒すとかまず無理だろ」

その言い回しに、ふと疑問を覚える。僕は魔王とかゲームのイメージで言ったけど、ミゲルの方はどこか具体的だったからだ。

もしや、

「え？　なに？　魔王ってば存在してるの？　実在してる人物的な？」

「は？　お前知らねぇのか？　おいおい嘘だろ？」

「うわー、もしかしてそれすごく常識的なヒストリーだったりするの？」

「もしかしてもなにも常識だろ？　四年前の魔王討伐の話を知らないなんて、お前一体どこから来たんだよ？　ドの付く田舎か？　田舎なのか？　田舎モンなのかお前？」

「いや別に田舎じゃないけどさ。というか、ガチでお約束あるんだね……」

驚きだ。この世界がまさか魔王がいるドラ○エ的な世界だったとは思わなかった。神様だって言ってなかったし。

「討伐の話って言ってたけど、もう終わったってこと？」

「そうだ。四年前に魔王は勇者に倒されたんだ」

あ、もう過去の人だったのね魔王様。南無(なむ)。

「はえー、そうなんだ。で、倒した人って知ってるの？」

「そりゃあ知ってるさ」

「ちな、どんなお方であらせられるの？」

「どんなお方も何も、お前もう会ってるぞ？　ドラケリオンのアニキだ」

「ちょ、マジで？　ライオン丸先輩すごすぎでしょ……はー、フリーダの勇者ってガチの勇者だったんだー。あっ、じゃあそれでイメージ定着してるから」

「そうだ。あれをドラケリオンのアニキと比べてみろよ？」

「確かに、見劣りするとかいうレベルじゃないね」

というかライオン丸先輩と比べられること自体、可哀そうだ。うん。ごめん。

「そんなアニキのチームが苦戦して少なからず犠牲を出してやっとこさ倒したって話だぜ？　魔王倒すとか無理あるだろ？　フリーダにいる他のヤツも含めてな」

「……そうだね。無理だね。不可能だね。インポッシボー」

低階層のモンスターならばデコピンでぶっ倒し、雄叫びで追い払うあの先輩が苦戦したとかいう相手だ。どんな冒険者だろうと絶対に不可能である。

ふと、冒険者の垣根が割れた。そこから、武装した集団に囲まれた、一人の少女が入ってくる。何者かと観察すると、フリーダではお目にかかれないくらい随分とお高そうな装束を身にまとっていて、むやみやたらと高貴そう。周りの護衛も、サーコートみたいな羽織をまとい、身ぎれいにしており、近衛とかいう言葉がしっくりくる風体だ。

そして極めつけは、王国の紋章ときた。

「おいおいありゃあ……」

「あの人は？」

「王国の第二王女サマだ。連中のリーダーがお気に入りとは聞いていたが、追いかけてフリーダにまで顔を出すとはな」

「はー、王族のお気にってすごいねー。サクセスストーリーって感じだ」

注目チームのリーダーさんは、あの中でも一番の美形だ。そりゃあ惚(ほ)れた腫れたの浮(うわ)ついた話なんて腐るほどあるだろう。まあ惚れた理由は美形だからだけではないかもしれないけど。

ライオン丸先輩の話がなかったら、ほんとにあの人が勇者なんだろーなーと思っただろうね。

ともあれ、そのお姫様とやらは、周囲の注目をウザったそうにというか、嫌悪しているような雰囲気を放っていて、

（嫌そーな目してるね。でも、周りの冒険者(ダイバー)たちに、頭(ず)が高いぞー、とかは言わないんだ）

（それはさすがにな。お忍びで来てるのにそんなこと言ったら、冒険者(ダイバーズ)ギルドの方から抗議が出るだろ）

（でも、王族でしょ？）

（それでもさ。それだけ、ギルドが持ってる権力、いや、武力が大きいってことだ。もし、もしだ。ギルドが迷宮任務で、どこかの国を襲撃する、なんての出してみろ。どこだって震えあがるぞ）

（あー、そうだよねー）

さすがに常識的に考えて、そんなことはなかろうが、仮にあるとすれば大事だ。冒険者（ダイバー）たちは日夜モンスターを狩って回る化け物ばかり。そんなのと戦争するなんてことになれば、そりゃあどの国も堪（たま）ったものではないだろう。モンスターという人類の天敵の、そのまた天敵みたいな奴らばっかりなのだ。些細（ささい）なことは、お目こぼしされるのだろう。

　ミゲルと二人で遠巻きに見ているけど、何やら注目チームのリーダーとお姫様は談笑している様子。掲示板の真ん前、ど真ん中で。邪魔すぎてキレそうになっている人間がちほらいるけど、さすがの荒くれ冒険者（ダイバー）たちも、あれに面と向かって文句は言えないか。護衛の近衛もいるしね。

（あ、スクレ）

　スクレールが現れたのが見えた。彼女も、自分のランクが気になって見に来たのだろう。冒険者（ダイバー）たちの垣根を華麗に飛び越えて、掲示板近くに着地。すると、彼女に気付いた冒険者（ダイバー）たちが、勧誘のためにすぐに殺到する。……と言っても、距離を詰めすぎると威圧されるため、ある程度距離には気を遣っているみたいだけど。

　みな、自分のチームに入ったときの利点を挙げ、あの手この手で誘っているけど、スクレールは「ムリ」「イヤ」「ヤメテ」「は？　キレそう」とけんもほろろに断っている。みな耳長族が人間嫌いなのを知っているためか、素っ気なくされても雰囲気はそれほど悪くはなっていない。それくらい、ご執心なのだ。だってかわいいもんね。

周囲の勧誘が一段落すると、なんと今度は注目チームのリーダーがスクレールに声をかけた。最近頭角を現してきた者同士であるため、誘おうとしているのだろうか。

「お？　あいつらも『銀麗尾（シルバーテイル）』に声かけるのか」

――銀麗尾（シルバーテイル）とは、スクレールの通り名だ。ランクが上がると、どこからともなく通り名が湧いて出てきてそれが定着しちゃうのだけど、それが結構かっこいい。中二病の何が悪いのか。バカにすんなよ。

「でも、チーム加入は難しいだろうね」

スクレールは基本的に人間嫌い――という理由だけではなく、冒険者（ダイバー）を警戒して距離を置いている。まず、ただ条件を付けただけの勧誘では加入してもらうことは不可能だろう。

「俺もそう思うな。いくら有名になっても、あいつは無理だろ」

「知ってるんだ」

「ああ、前に俺も誘ったことあるんだわ」

「……なんかあんまり意外とも言えないところが、ミゲルっぽいね」

「なんだよ。女と見たら見境なしみたいに見てるのかよ？　そうだけどよ」

「あ、そうなんだ。クズいね」

「おう」

とは言ったけど、まあ、さすがにそれは冗談だろう。ミゲルは迷宮探索に関しては大真面目だ。彼女を誘ったのも、彼女の見た目やチームの見栄のためでなく、強さなどをちゃんと考慮してのことだろうし。そうでなければ、ランク258位という超高ランクを維持することはまず不可能だ。……うん、きっと冗談だと思う。

「他種族って、結構難しいよね」

「まーときどき『神様のお言葉（オラクル）』がぶつかったりするからな。それを別にしても、耳長族は人間敵視してるからな」

「だよねー。あ、お姫様不機嫌そう」

「そりゃあ自分の前で他の女を誘ってるんだからな。腹も立つだろ」

お姫様は目に見えてイライラしているけど、注目チームのリーダーがいまいち気付いていないのは、天然だからなのか。そういうところも、なんかお約束っぽい。

というかミゲルさん、そんな機微がわかるのに、自分の浮気はいいのでしょうか。やっぱ僕の異世界の友達はクズ野郎なのかもしれない。

やがて、当たり前のように注目チームの勧誘が失敗に終わる。一言「ムリ」だってさ。取り付く島もない。彼女の友達としては、誰か他に仲良くできる人作った方がいいんじゃないかと思うけど、本人が嫌ならそれは仕方のないことだ。

さてこれで、スクレールも勧誘から解放されたらしく、今度こそ掲示板を見に行った。

一方お姫様はやっぱり不機嫌だ。スクレールが勧誘を断ったことにしても、思うところがあるらしい。お気に入りのチームの誘いを、検討もせずに断ったから、何様のつもりだーとでも思ったのだろう。なんともめんどくさい性格である。

そんな中、注目チームのリーダーらしき人物が、今度はミゲルに気付いたらしく、こっちに近づいてくる。あー、これもめんどくさそうだ。

「チーム『赤眼の鷹(ホークバッカス)』のリーダーですね？」

「ああ」

注目チームのリーダーは、ミゲルにお初にお目にかかりますとか、丁寧に自分たちのチームの紹介を始めていく。超高ランクチームの人間と、顔を合わせておきたかったんだろうか。ミゲルのチームを持ち上げつつも、自分たちのチームメンバーが如何(いか)に有能かというのを話の中に織り交ぜている。そっちにいるのは王国で五指に入る剣の腕前だとか、メルエム魔法学園を好成績で卒業した天才魔法使いとか、若い頃から戦場を転々とした傭兵とか。錚々(そうそう)たるメンバーだ。王国中からかき集めたのだろうか。王国のバックアップは伊達(だて)ではない。すげー。っていうかメルエムなんちゃら卒業ということは、もしかすればリッキーのお知り合いかもしれないね。

「ミゲルさん。あなたの功績は、同じ王国出身者として誇りに思います」

「そうか？　俺なんてまだまだだぜ？」

「いえ、あなた方のチームは僕らのチームの大きな目標です。そして」

謙遜しつつも飄々とした態度を崩さないミゲルに、注目チームのリーダーは一瞬、溜めを作ったかと思うと、

「――近いうちに必ず、あなたのチームを追い抜いてみせます」

おお、言い切ったよ。まさかミゲルに……いや、超高ランクチーム『赤眼の鷹』相手にそうまで言い切るとは、驚きだ。チームのメンバーの目も、ギラギラし始める。野心に燃えてるって感じ。王国の方からフリーダで名を轟かせろとか、言われているのかもしれないね。

一方で、周りはひどくざわついている。曲がりなりにもケンカを売ったのだ。「調子に乗ってやがる」とか「身の程知らずめ」という声も聞こえてくる。そりゃあ近いうちになんて言い出したのだ。ちょっと舐めてるなーあいつら、とか思っちゃうのだろう。

だけど、当のミゲルと言えば、さほど気にした風もなく、

「そうか。ま、無理せず頑張りな」

「余裕ですね。僕たちにはできないとでも？」

「そうは言わねぇよ。だが、ランクの向上や迷宮攻略は簡単にできるほど甘いモンじゃないってことは、覚えておいた方がいい。ランクにばっかりこだわってたら、痛い目見るぞ？」

ミゲルの忠告のあと、すぐにお姫様が割って入ってくる。

「随分と侮った物言いですわね。このメンバー相手にそうまで言うとは、思い上がりではなくて？」

そんなこと言い出したけど、そんなにすごいのだろうか。感覚的に、ミゲルよりもレベルが高い人は一人もいないように思うけど。あ、魔法使いの知覚的なヤツね。

「お言葉ですが、私はそういった名利にとらわれず、慎重に迷宮に挑めと忠告したにすぎません。老婆心を曲解して捉えられても、いやはや困るばかりです」

「……相変わらず、食えない男ですこと」

どうやらミゲルはお姫様と知り合いらしい。ミゲルは結構品のよさがあるから、どことなくいいところの出のように思っていたけど、やっぱりそうだったのかもしれない。

ふと、注目チームのリーダーが僕の方を見た。

「……そちらの方はチームメンバーの方ですか？」

「いいえー。ただの友達です」

そう言ったら、ミゲルに肘で小突かれた。だってその通りなのだ。それ以外にどう言えというのか。下手に取り繕った答えを言って、なしくずしっていうのは勘弁して欲しい。

そんな中、ふとお姫様が僕を一瞥して、

「冒険者らしくはないですわね」

「荷運び役という職業があるのです。冒険者の荷物を運ぶ役目を負っている者で、彼のようにバッグを背負ったり、荷車を引いたりしています」

「要は、下働きですか」

その言葉に、かすかにだけど、ミゲルの眉が動いた。その言葉には僕だってさすがにイラッとくる。もちろんそれは、僕が下働きと言われたからじゃない。荷運び役の人たちのことを、下働きと言ったからだ。きっとお姫様には自覚なんてないんだろうけど。

荷運び役さんたちは、迷宮探索には欠かせないとても重要な存在だ。先ほど彼が言ったように、あるいはバッグを背負い、あるいは荷車や台車、背負子のような道具と箱を使って、迷宮探索で生じる荷物運搬等のサポートを行う。経験値はいわゆるパワーレベリングなどを行って確保し、荷運びのために相応にレベルは上げるのだけど、荷物を運ぶ技術や解体技術などに特化で基本的に戦闘はしないため、冒険者の中でもかなりのリスクを負っている者だと言える。

そのため、基本的に真っ当な冒険者たちは、荷運び役のことを馬鹿にはしないし、待遇だってきちんとしている。荷物をいっぱい運べる人とか引く手数多だ。

とまあそれをわかってか、注目チームの彼も少し慌て出す。彼らの中にも魔法使いはいるけど、基本的に荷運び役のお世話にもなっているからだろう。魔法使いによって、ディメンジョンバッグの容量も結構変わるし。僕？　僕は細かくは測ってないけど、大体四トントラックくらいかなー。

場の空気を変えようとしたのか、注目チームのリーダーが他の話を振ってきた。

「ええっと、ちなみに、ランクの方はおいくつで？」

あ、そこに来るんだ？

「あーえー、三万台です」

「そ、そっか……」

言いにくそうに口にすると、訊ねてきた彼は何とも言えない表情を見せる。そうだよね。そんな反応になるよね。まさかミゲルの友達が、低ランクだなんて思わないよねー。

「相手にするような者でもないですわね」

一方お姫様の方は、完全に僕を見下している。うーん、やたらトゲがある。なんなのか。

人を見下すのがデフォなのかこのお姫様は。

「まったく、このような者と付き合っているなんて、そんなことではあなたの評判も落ちるのでは？」

「うわ、そこまで言う？　ちょっと傷つくなぁ……」

「なにか文句でも？」

「いーえー」

「おい、貴様ぁ！」

嫌みっぽいというか、ぞんざいな態度を取ったせいだろう。近衛が動き出しちゃった。やるか？　やるのか？　僕は逃げるの万端だぞ。脱兎の如く逃げちゃうぞ？　絶対に手が出せない日本とかいうところに逃げちゃうぞ？

「――姫様、彼は私の友人です。それくらいにしていただきたい」

ミゲルがかばってくれた。すると、お姫様が不機嫌そうに近衛たちを制する。

近衛たちは、おさまりがつかない様子だったけど、ミゲルが睨みを利かせたら、呻いて引き下がった。

近衛だっていくら強くても20から25程度と考えれば、まあ当然と言っちゃあ当然だろう。もっとレベルの高いミゲルと正面から戦ったら、絶対に勝てない。

……あれ、なんか僕ってば、虎の威を借るキツネみたい。うわーダサいわー。

「ミゲルさーん」

妙な空気に包まれていると、ふと後ろの方から、幼さを感じさせるゆるふわっとした少女の呼び声が聞こえてきた。

振り向くと、緩いウェーブのかかった明るい金髪を持った少女がいた。ローブを着ており、長く大きな魔杖（マジックロッド）を持っているところを見ると、魔法使いなのだろう。杖の先端にサファイアが付いているから、青の魔法使いで確定だ。

どうやら、ミゲルのチームのメンバーらしい。

「ミーミルか、どうした？」

「どうしたもなにも、レヴェリーさんにそろそろ放してやってくれって言われて来たんですけど……その必要はなかったみたいですね」

僕が縄を解いてしまって、遅ればせた解放者となってしまったか。

「で、レヴェリーはなんて言ってる？」

「あの、誠意を見せろですって」

「……だよな」

レヴェリーさん――つまり恋人さんのヤの付く自由業の方々みたいな台詞（せりふ）を伝え聞いて、

頭を抱え出すミゲル。すると、ミーミルと呼ばれた金髪の子は、ため息を吐いて、

「ミゲルさんがあんなことするからですよ？　恋人がいるのに他の女の人とイチャつくなんて人としてどうなんですか？　最低を通り越して。クソですよクソ。クソ以下です。ゲロです。いっぺん吐瀉物としてフリーダの道端にぶちまけられたらどうなんですか？　ほんと……」

やたらと暗い雰囲気をまとって、ぼそぼそとミゲルに対する文句のようなことを吐き出していく少女。口が悪いというか、お腹の中身が全部口から溢れ出ているみたいだ。これはきつい。

「いや、あの、ミーミルさん？　そのくらいにしといてもらえませんかね……」

ミゲルが申し訳なさそうに言うと、彼女はハッと何かに気付いたように口に手を当て、

「あ！　すいません、私ってばつい……」

「………………」

ついというレベルかそれは。普通気付くだろうに。

どうやらミゲルのお仲間は、結構濃ゆい方らしい。ミゲルは「なんか買ってかないと怒られんのか……」とちょっと意気消沈気味だ。当たり前だ。しこたま怒られるがいい。

「ミゲルさん。この前飲んでたお酒、持っていってあげたらどうですか？」

「いや、あれは……」

そう言いにくそうにしながら、ミゲルは僕の方を見た。ということは、つまり、アレだ。ウイスキーだ。

「悪いけど、あれはないんだ。ごめんね」

「だよなぁ。そう都合よく持ってないよなぁ」

そう言えば、手に入れていなかった。今度魔法でも使って購入しといてあげよう。

一方、ミゲルはあきらめたようにため息を吐いて、お姫様の方を見る。

「お呼ばれですので、失礼します」

ミゲルはそう言うと、僕の肩をポンポンと叩いて、顔を近づけささめきごと。

(……悪い。言い返してやれなくて)

(仕方ないよ。偉い人なんだもの。気にしないで)

相手はお姫様だ。相手取ってことを構えたら、どんなことになるかわからない。僕みたいな一人で動いてる人間ならどうとでもなるだろうけども、ミゲルには仲間がいるのだ。仲間に累が及ぶのは避けなければならない。

ミゲルは僕に謝ると、さっきの金髪の少女と一緒に去っていった。

一方注目チームもお姫様も、超高位ランカーであるミゲルにしか興味はないのだろう。

僕のことを気にする様子もなく、もといた位置へ戻っていった。

そんな中、スクレールがこっちに向かって、てくてくと歩いてくる。注目チームの彼はまた彼女に声をかけようとしたけど、スクレールはそれを完全無視して通り過ぎた。ひえー。

（いやー、さすがっすわー）

そこまで自然と無視できるのはすごすぎる。人間嫌いここに極まれり。リッキーのときはほんと特別だったんだろうね。相手が注目ルーキーだろうがお姫様だろうがまるで関係ない。鋼（はがね）のメンタル。スクレール先輩さすがっす。

とまあ、僕がスクレール先輩の方を気にしていると、

「おい！」

「はい？」

気付くと、残っていた近衛の人たちがいつの間にか僕に迫ってきていた。そして、

「貴様先ほどは随分とふざけた物言いをしたな!?」

「あー、えー」

「殿下にあのような態度を取ってただで済むと思っているのか!?」

あちゃー、やっちゃったみたい。近衛の人たちはさっきの僕の態度にかなりご立腹らし

い。デカい怒鳴り声をあげて、顔に怒りを表している。

やっぱり逃げなければならないか。脱兎の如く。

そんな風に脳内で閣議決定されたので、戸惑っているふりをして、袖口に魔杖を滑らせる。そして小声で『強速ムービングアクセル』をかけようとしたそんなとき、横の奴が掴みかかろうとしてくるのが見えた。

（掴まれたらマズいか――ならここは）

――頭のスイッチを切り替える。平時モードから、迷宮モードへ。このまま加速の魔法をかけたとしても、動き出す直前に捕まえられる可能性がある。意外と間合いが近かった。なら、ここは逃げるのは先送りにして、師匠に教えてもらった『フォースエソテリカ』を解き放ち、この近衛たちを吹き飛ばして間合いを離すしかないだろう。吹き飛ばなくても、魔力の爆風に晒されれば確実にひるむはず。その間に、『専心コンセントレートトリアクト』をかけ、自分の意識を拡大、反応速度を上げたあと、『強身フィジカルブースト』『強速ムービングアクセル』を即座にかけて、この場から無理やり離脱すれば――

「――なにしてるの？」

切り替わった思考中のこと。ふいに、正面に立った近衛のさらに後ろから、そんな声がかかった。聞き覚えのある声がやたらと冷たくなった、戦慄を誘う一言に——近衛たちが振り向くと、そこには、こちらに歩いてきていたスクレールの姿があった。

「なんだおま——」

「私は、何をしてるのかって聞いてる。答えろ人間」

「う——」

やにわにスクレールに突き付けられた殺気によって、近衛たちが呻く。僕が初めて彼女に会ったとき——いや、それを遥かに超えるほどの殺気だ。殺意だけで物理的に人が死ぬんじゃないかってくらいに、きつい。胃とかタマタマがきゅんとなるレベルを通り越してる。ストレスマッハで胃ガンになりそう。というか肌に数万本の針が刺さったように感じるとか尋常じゃないヤバいこのままだと近衛が死ぬ。

怒っているのか。怒っているんだろう。スクレールはただひたすら静かにしていて、感情を顔にも出していないため表情からは判然としないけど、これは激おこだろうね間違いない。

一方、近衛たちはこれまで感じたことのない激烈な殺気に縫い留められて居竦んでいる。怒気、武威、殺気。そのすべてをかけ合わせた耳長族の威圧感に膝が震えて動けない。

そのうちの一人が、それを跳ねのける気概を持っていたらしく、剣の柄に手をかけた。すごい。この状況で動けるとか称賛に価する。

「き、きさ――」

たぶんその人は、「貴様ァ！」とか威勢のいい言葉を言いかけたんだろうと思う。だけど、剣を抜きかけた近衛は言い終える前に轟音(ごうおん)と共にホールの端っこ二十メートルくらい先までドライブシュートで吹っ飛んだ。人間って縦に回るんだねーとかぽわわんと考えたのも束の間、何事かと思うと、腰の入った様子で裏拳を構えたスクレールが、口から白い息を吐いていたのが見えた。

これは、あれだ。勁術(ジンシュ)の技を打ち込んだのだ。しかも結構本気な感じで。

「ひょえぇ……」

あ、これは僕の声です。さすがにあの殺気の上にこれだったもんで、超ビビりました。だって人間が突然吹っ飛んだんだもんマジビビるでしょ。

近衛たちは仲間が吹っ飛んだけど、何も言えない。スクレールの威圧で、動くことすらできないのだ。

そんな近衛たちを冷ややかに睥睨(へいげい)したスクレールが、抑揚の乏しい声で言う。

「……先に剣に手をかけたのはそっち。これを問題にするなら、ギルドを通して。そうじ

ゃなかったら――」
ガチで相手になるというのか。正面大ホールに震脚の轟音が響き渡る。勁術の轟震脚だ。
衝撃で椅子やテーブルが一瞬浮いた。近衛はもとより、こちらの騒動に気付いたお姫様は
殺気慣れしていないため言わずもがな、注目チームたちも何も言えない様子。武力ってす
ごい、こわい。
他方周囲は「さすが耳長族だな……」「カッコイー」「やっぱ仲間にしてえなぁー」「あい
つらションベンちびってんじゃねえ?」とか感嘆の様子で観察している。
誰も動かないのを見ると、スクレールは殺気を解いて僕の方に来た。
「アキラ」
「あー、スクレ、ありがとう」
「別にこのくらい構わない。『四腕二足の牡山羊』に比べれば、あんな奴らダンゴムシ以
下」
いや、さすがにこの人たちを迷宮深度30のボス級と比べるのはかわいそうだよ。あれボ
スモンスターだよボスモンスター。一匹いれば街が滅ぶとかいう怪獣さんだよ。
「アキラ」
「なに?」

「今日は行きたいところがある。連れてってくれるなら、一緒に行ってあげてもいい」

　相変わらず意味不明な言い回しだけど、要は連れてけということだ。

「いいよ。どこ？」

「今日は『街』に行きたい。『居丈高（スレンダー）』の核石（かくせき）が大量に必要」

「おおぅ……あそこですか」

　街とは、迷宮深度22【緑青に煙る街（ろくしょうけぶまち）】のことだ。この前、大ギルドが攻略に出た迷宮深度50【死人（しにん）ののさばる地下墓地（ちかぼち）】と合わせて二大ホラー階層と呼ばれており、第1ルートを進む新人冒険者（ダイバー）たちの前に立ちはだかる最初の関門でもある。深度22という数字はスクレールにとって適正だけど、あそこはレイス系のモンスターであふれているため、魔法使いがいなければ手も足も出ないのである。

「核石が必要って、どうするの？」

「西にいる同胞たちの里に送る。最近レイス系のモンスターが活発化してるから、手に入るなら是非手に入れてきてくれって」

「なるほどね」

　同じ種族のためか。真面目さんだ。そう言えば以前、スクレールは迷宮で採れる素材や核石をゲットして、同胞に送っているのだと言っていた。遊びで来ている僕なんか、彼女に比べればゴミクズである。いやほんとマジで。お金も定期的に返してくれるし、一緒に潜ると大半の核石はくれるし。いい子なのだ。

気付くと、ほかの冒険者(ダイバー)たちがア然として僕たちの方を見ていた。

……そりゃあさっきから勧誘してた子が、王国の近衛をぶっ倒して、自分から声をかけたのだ。見れば、注目ルーキーも驚いた顔をしていた。

「い、行こっか」

「……?」

スクレールの手を引っ張って、離脱する。なんかこういうの、結構居心地が悪いし。怖い階層には行きたくないけど、いまは迷宮に避難した方がいいだろう。

——あ、あとで聞いたんだけど、このトラブルの件はまるで問題にならなかったらしい。なんかあのあと、沢山の冒険者(ダイバー)たちがギルドを通して猛烈な抗議を入れたとか、連判状まで書いたとかいう話なんだけど、はて、どうしてなんだろうか。

第17階層　この世界にはお塩が足りない！

学校が終わって家に帰り、荷物を置いていつもの恰好に着替え、異世界ド・メルタの自由都市フリーダに来た僕。さて今日も迷宮で頑張ってレベル上げしよー、と思って冒険者ギルド正面大ホールに入った折、とあるお知り合いを見つけた。

「あれ？　シーカー先生だ」

「お、クドーか」

返事をしてくれたのは、テーブル席に座ってどんぶりとにらめっこをしていた中年ちょい手前のお兄さん。頭はボサボサで無精ひげを生やし、いまにも死ぬんじゃないかというくらい顔色が悪そうな、不健康を体現した存在だ。清潔にして健康に気を使いきちんとすれば、二枚目に見える素質は十分にありそうだけど、本人にその気はないのか外見は荒れ放題で無頓着この上ない。

名前をシーカー・レイムナントと言って、ここ冒険者ギルドでは結構有名な人だ。僕がこの世界に来られるようになってすぐの頃、まだ迷宮探索について初心者だったときに、冒険者の心得や探索の仕方、モンスターの対処法を教えてくれた人で、迷宮ガイドという新人冒険者に冒険者の心得や立ち回り方などを教えるのを仕事としている。通称、シーカー先生。冒険者からは、先生、先生と呼ばれている。基本的にみんなから慕われる職業なんだけど、この人賭け事大好きなので、そこはなんとも言えないところ。むしろマイ。

見ると、いつものように、テーブルの脇に大きな傘を立てかけている。シーカー先生は、迷宮ガイドであり、『傘術師』と呼ばれる戦士なのだ。剣を仕込んだ傘を操って、トリッキーな戦い方をする人間である。

ド・メルタには、向こうの世界とはちょっと風合いの違う戦士職がちょこちょこある。シーカー先生の傘術師はもとより、棹の先に丈夫な布を付けた旗で戦う『旗術士』、大きな鋏を武器に戦う『剪刀官』など、よくそんなのうまく使いこなせるなぁと思わせる戦士が意外とスタンダードだったりするのだ。迷宮でもときどき見るけど、しっかり使いこなせているからスゲーってなる。

「……なんか相変わらず顔色悪いですね、先生」

「俺の顔の話は余計だ。今日はこれでも結構いい方なんだぞ?」

「いつもと変わらないように見えますけどね」

そう言って、のぞき込むように先生の顔を見るけど、やっぱり見た目通り不健康そのものだった。目の周りにはクマができていて、タヌキどころかむしろパンダ。心なしかやつれている様子。この人、なぜかいつも顔色が悪いし、調子もひどく悪そうなのだ。食べてないわけじゃないし、病気ってカンジでもないから超不思議。

以前どうしてなのかと訊ねたけれど、はぐらかして教えてくれなかった。

「お前と会うのもなんか久しぶりだな」

「先生とは潜る時間があまり合いませんからね。先生は午前中で、僕は基本午後ですし」

「ま、生活スタイルはそれぞれだしな」

僕は土日以外は学校帰りで午後夕方、先生は基本朝からガイドをしているため、会う機会があまりない。ガイド予約を取れば話は別だけど、もう一人で潜れるようになったため、会うのもご無沙汰というわけなのだ。

「っていうか先生がこんな時間にいるなんて、珍しいですね」

「午前のガイドが予想以上に時間かかってな。遅まきの昼メシってわけだ」

「あ、薄味草スープ」

シーカー先生がさっきからにらめっこしていたどんぶりに視線を向けると、ここ冒険者御用達ギルド正面大ホール食堂名物、薄味草スープが入っていた。その名の通り、味付けが薄く……というよりもほとんどなく、そこそこ栄養価のあるらしい草をあったかいお湯で煮込んだだけの汁という、食事にあるまじき代物だ。

にらめっこしていても、見えるのは自分の顔だ。引き分けは免れないだろう。

「食べないんですか？」

「食べたくねぇな」

「じゃあなんで頼んだんですか……」

「ンなモン食わなきゃ腹減って死ぬからに決まってるだろ？」

「………」

ここで矛盾を指摘し「じゃあどうして食べないんですか？」って訊くのは野暮なのだろうか。この『薄味草スープ』は、正面ホールの食堂で『謎のお粥』とマズさの一、二を争うゲロマズ料理だ。味がしない以前に、草がやたらと生臭いため、口に入れると吐き戻しそうになるくらいの食品兵器ぶり。納豆、くさやは目じゃないぜってくらい。新人冒険者が最初にぶち当たる関門はどれかと訊ねたら、高確率で食堂のゲロマズ料理が挙がるくらいに、マズい。ゲロだ。ほぼ吐瀉物。それゆえ、先生は口に持ってくのさえためらっているのだろう。

だが食堂の料理は、安い料理がマズいというだけで他は普通。もちろんおいしいものもあったはず――

「それならもっといい料理頼めばよかったんじゃ」

「金がねぇ」

「でもビール頼んでるじゃないですか」

「ビールは必要なんだよ。これは俺の血液だ」

どうして酒飲みはみんなこうなのか。酒を血にたとえたがるのか。飲まなきゃ死ぬと宣うのか。以前ミゲルも飲んでいた、うっすいうっすい白ビール。それがそんなにいいものなのか。未成年の僕にはまだまだ理解できない領域にある。

「っていうか先生？　どうしてお金ないんですか？　迷宮ガイドのお給料ってそんなに安くないでしょ？」

迷宮ガイドは危険を伴うお仕事だ。新人をエスコートしなければならないため、普通に一人で潜るよりも周囲を警戒しないといけないし、新人を気にかけてあげなければならない。それゆえ、他のギルド職員よりもお給金は高めに設定されていると前にアシュレイさんから聞いたことがある。そうそう金欠にはならないはずなんだけど。

「わからねぇ。なんでだろうな」

「贅沢したんじゃないですか？」

「そんな覚えはねぇな」

「じゃあ最近何にお金使いました？」

「………別になにも」

「ほんとですかぁー？」

「ほんとだよ。俺がお前に嘘なんかついてどうするんだ」

「ま、それもそうですけど。あー、そう言えば最近、食堂にいる不良冒険者（オレンジダイバー）さんたちが新しい賭場ができたって話をしてたなぁー」

「ギクッ！」

僕が心当たりをわざとらしく口にすると、先生はまるで図星を突かれたというように身を震わせる。うん、いまあからさまに肩が跳ねたね。

「先生、どうかしました？」

「い、いや？　なんでもねえぜ？　全然なにも知らねえなぁー」

「先生先生。先生がもし知らない賭場の話を聞いたら、『それはどこにあるんだ！』とか『いますぐ教えろ！』とかって言うと思うんですよね」

「うぐ……」

「賭け事に使ったんですよね？」

「そうだよ！　悪いかよ！　俺の金だぞ！」

「悪くはないですけど、それで自分の首を絞めてるんですから……」

もう、呆れのため息を吐くしかない。ちゃんとお金の管理ができていないとかダメすぎるというか終わってる。賭け事で金欠なんて、やっぱどこにでもある話なんだね。

っていうか先生、いつまでも『薄味草スープ』に口を付けない。

やがて先生は、一度大きな諦めのため息を吐いたあと、縋るような視線を送ってくる。

「すまん。クドー、何か奢ってくれ」

「賭け事でスって人にたかるとか、ダメ人間すぎるでしょ先生」

「金貸してくれって言うよりはマシだと思ってる」

「その発言、控えめに言ってクズいですね。キリッてしてる場合じゃないですよ」

「でもこれを食うのはな」

「確かに薄味草スープを口に入れるのが勇気いるのはわかりますけど」

「頼む。助けてくれ」

「……はぁ、しょうがないですね」

本来ならばこういうのは助けてあげてはいけないのだろうけど、先生には以前かなりお世話になったため、無下にはできなかった。だって、僕の潜り方はシーカー先生流だ。ぶっきらぼうだけどなんだかんだ優しい教え方だったし。賭け事さえしなけりゃホントすごい人なんだけどなぁ。新人のために惜しまずお金使ってくれることもあるし。

……まあだからといって、食堂の料理を新しく買うのもどうかと思うので、バッグからあるものを取り出した。

「なんだそれ？」

「まあ、ちょっとはマシになるような調味料みたいなものですよ」

僕が取り出したのは、市販の豚骨醤油のラーメンスープである。たぶんこれを入れれば多少はマシになると思われ。ホントは今日の間食にしようと思って持ってきたんだけど、また今度にしようと思う。

袋を切って中身を出すと、シーカー先生が露骨に嫌そうな顔をする。

「なんだよそのドロッとしたの。気持ち悪いぞ？」

「文句言わないでください」

「なめくじみてぇ」

「だからやめなさいと言うに！」

なぜこの世界の人たちはそういったネガティブなたとえをしたがるのか。自分から食欲減退ワードを口にするなんてマゾなのか。おマゾさんなのだろうか。

「いやだってなぁ……ん？　お？」

スープのもとを、お湯以上スープ未満の汁に溶かしていると、シーカー先生の嫌そうな顔が、不思議そうな顔へとクラスチェンジする。立ち上る匂いが変わって、驚いたのだろう。まだアツアツだったのがよかったみたいね。

やがて溶け切ったのを確認して器を差し出す。

「できました。どうぞ」

「お、おう」

シーカー先生は恐る恐る匙で掬って、口に運んだ。やがて、驚いたように目を見開く。

「マシになりました?」

「マシになったどころじゃねぇぞ! うめぇ! しかも味が濃い! ……草は生臭ぇけど」

「そこは我慢してくださいよ」

「大丈夫だ。我慢できる」

そう言って、シーカー先生は勢いよくスープを飲み始めた。確かに、豚骨スープを飲み干したくなる気分はわかる。

その様子を見つめていると、先生は何を思ったのか、僕にさもしい視線を向けてきて、

「……やらないからな」

「その台詞(せりふ)はいくらなんでもあさましいですって……いらないですけど」

そんなことを言いつつ、先生の隣に座って、ちょっと訊いてみたかったことを訊いてみる。

「なんか、フリーダって塩が貴重っていうか不足してますよね？」

「そうだな」

「どうしてこんな感じなんですか？」

塩が足りないのが、ちょっと意外なのだ。いくら塩が貴重品でも、常識的に考えて、食堂の料理まで塩味が足りなくなるわけがない。フリーダほど流通事情がいいならば、塩なんて重要物資ちゃんと運ばれてくるし、それを買う分のお金だって確保できるはずなのだ。中世のヨーロッパだって、ここまで塩が高価だったわけではない。塩泉一つで争いがあったとは聞くけども、ちょっとおかしな感じがしてならないのだ。

「こんなもんだろ。大陸の真ん中にある都市は、どこだって塩は貴重品だ。特にフリーダはどうしたって足りなくなる」

「それはどうしてなんです？」

訊ねると、シーカー先生の顔に教師っぽい真面目さが宿り、キリッとなった。

「フリーダはモンスターの巣窟と繋(つな)がっているおかげで、モンスターの素材やその土地土地の収穫物を得られるんだが、その反面繋がっているせいで常にモンスターの脅威と隣り合わせにある。それはわかるな？」

「間引かないと溢れ出てきちゃうくらいヤバいんでしたっけ？　確か」

「だから万が一のときのために、ギルドや行政府は備蓄に回さなきゃならねぇんだよ」

「そこが僕にはよく……」

「わかんねぇのか」

「だって関連性がありませんよね？」

　モンスが溢れ出てきても、そのモンスが塩を消費するわけじゃないし、モンスを倒すために塩が必要になるわけでもないのだ。冒険者を後回しにして塩をため込むその因果関係がわからない。

「そこだけを見たらな。だが、フリーダが晒されてるのは、何もモンスターの脅威だけじゃねぇ。周囲の国もそうなんだよ。ここは大陸のど真ん中にあって、交通の便もいい。版図を広げたい野心アリアリの国なら、まず欲しくなると思わねぇか？」

「あ……」

「もし、もしだ。フリーダがなんかの要因でモンスターからデカい被害を受けて、冒険者が減って、商人がいなくなって、国力が弱りまくるとしよう。そういった状況になったら、他のフリーダを狙う国にとっては絶好の機会じゃないか？　フリーダの戦力とモンスターが削り合いをしてる最中に、攻めてくる。フリーダが手に入ったらそりゃあウハウハだぜ？」

「それで塩を備蓄する……」

「塩は生活に必要だ」

「なくなったら困りますよね。なくなったら困るから……他の国に独占されても大丈夫なようにする？」

「そうだ。いざってときに周囲の国が塩の値段を吊り上げたら、フリーダは干からびるからな。争いが起きれば、戦略物資である塩や麦は大量に買い占められる傾向にあるし、なんといってもここは人が多い分、相応の量が必要になる。人が多けりゃ労働も多い。労働が多けりゃ汗かく分、塩が必要になるって話だな。それを考えたら、俺たち冒険者(ダイバー)に回ってくるのはどうしたって最後なのさ」

「でもフリーダの収入は冒険者(ダイバー)あってのものでしょう？　その辺りは優遇してくれないんですか？」

「その分は各自で買えってな。冒険者(ダイバーズ)ギルドが塩の取り分を増やしちまわないよう、行政府がそこんところ調整したんだとよ」

「あー」

確かに、フリーダの収入の多くを占めるのは、迷宮から得られる素材を他国に売り払って得たお金だ。それゆえ、フリーダでの冒険者ギルドの発言権は強く、このうえ塩という人間に必要不可欠なものまでギルドに優先されることになれば、パワーバランスが崩壊してしまうことにもなりかねない。もちろん塩だけでバランスを取っているわけではないだろうけど、塩が重要な位置を占めているのは間違いないだろう。

「あと、まんま塩が採れるところが少ないってのもある。昔なんて塩気のある泉一つで戦争があったくらいだからな」

「そんなに採れないいんですか？　確かに海は遠いですけど、鉱山とかでも採れるんじゃないですか？」

「そっちは大方昔に採り尽くしたらしい。いまはどこを掘っても少量しか出てこないんだとよ。いまはどこの国も、新しい塩の鉱山を探してる」

「そんなに昔に？」

「らしい。なんでも『神託』だと、未開の地域に十分な量があるから、神様はこれに手を回すつもりはないらしい。そっちはそっちで開拓できてないしな」

開拓できていないのは、まあ技術力ってヤツがかかわっているのだろうね。でも、『昔に採り尽くしたらしい』って、『らしい』ってどういうことなんだろうか。なんかそこんところしっくりこない。塩もそうだけど。

「そう言えば甘いものもまあまあ少ないですよね」

「そっちは怪着族のヤツらが買いまくるからだろ。あいつら、はちみつ大好きすぎなんだよ」

シーカー先生はそう言って、後ろを向く。釣られるような感じで同じ方を見ると、冒険者の女の子が陶器の壺を抱き締めながら、指に付いたはちみつをそれはもうホントおいしそうにペロペロしていた。顔も蕩け切った笑顔だ。おそらくというか十中八九、シーカー先生の言ったように、怪着族なのだろう。

「あー、く◯のプーさん状態なんですねー」

はちみつちょーだいである。まあこの世界、どういうわけかはちみつだけは、量はともかくとして年がら年中供給されてるんだけど。

「教えてくれてありがとうございます。いろいろと勉強になりました」

「いやいや、俺の方もだいぶ助かったわ」

「いえ、このくらいなら構いませんよ」

「じゃあさっきのなめくじみてぇなのもう少し分けてくれないか？」

「それはダメです。まずギャンブルやめてください」

「ちぇっ」

いい年して「ちぇ」はないだろう。「ちぇ」は。

第18階層　突撃！　ガンダキア迷宮第2ルート！　その1

僕はこの日、レベル上げのための経験値稼ぎ兼核石ゲットおよび換金による金策のため、いつも潜行する迷宮第2ルートへと足を運んでいた。

――迷宮に潜るとき、ルート、ルートとみなしきりにこれを口にするのは、ここガンダキア迷宮には、冒険者たちのレベルに合わせた順路が設定されているからだ。

大まかなものは神様がこの迷宮を造ったときに設定――つまり各所に転移の魔法を施したときに、適正なレベルで進めるよう調整したらしいんだけど、冒険者ギルドでも、長年の調査などによって得た結果をもとに、推奨する道順を設定しているのである。

第1から第4までの四つの順路があり、まず第1ルート。

このルートは冒険者になりたての者たちが迷宮探索の難しさに初めて触れ、迷宮探索がどういったものかを理解する、いわゆる初心者向けのルートである。深度5の【大森林遺跡】から始まり、続いて立ち込める霧で視界がよくない避暑地的な階層、深度8【霧浮く丘陵】、この前師匠におっぱ……じゃなくて師匠と『もっさん』を倒しに行ったデカい石像群のある深度14【巨像の眠る石窟】、スクレールに連れてってとせがまれた深度22【緑青に煙る街】、そして深度38、第1ルート未踏領域である【機械神殿】だ。

このルートを――【巨像の眠る石窟】まで問題なく潜れるようになると、それまで受付権限で制限されていた第2、第3、第4ルートまでのルートが開放されるようになる。

最低限、そのくらいはできるようになりましょうという、ある意味冒険者への暗黙の試験のようなものだ。このルートを問題なく進めるようになれば、どんな冒険者だろうが、最低でもレベル15程度にはなれるし、迷宮探索の基礎知識が身に付いているとみなされる。冒険者はこれをこなして、晴れて新人冒険者を脱出することができるのだ。

そして今回の僕が行くのが、第2ルート。【大森林遺跡】から始まるのはどこでも一緒で、その次が深度10【灰色の無限城】。続いて古代エジプトの地下遺跡のようなダンジョン、深度20【黄壁遺構】。僕の稼ぎ場である深度30【暗闇回廊】。常に夜で幻想的な雰囲気がバリバリ漂う深度40【常夜の草原】。なんでも、地下へと続く巨大ならせん階段が階層の大部分だという深度48【ノーディアネスの地階】。そして深度は脅威の52、【死人のさばる地下墓地】へと続く。

いま僕がいるのは、【大森林遺跡】を越えてすぐの階層である、迷宮深度10【灰色の無限城】だ。

ここは、異世界ド・メルタのいずこかにある城の中らしく、だいたいの人が連想する西洋のお屋敷やお城の内装をしている。石造りの壁面にはバナーが垂れさがり、床には絨毯(じゅうたん)が敷かれ、鎧立て(よろいた)に飾られた甲冑(かっちゅう)や剣、各種調度品などが置かれて、かなり豪華。

しかも無限城という仰々(ぎょうぎょう)しい名前の通り途轍(とてつ)もなく広い階層として有名で、いまのところマップを完成させた者は一人としていないという。ある意味、未踏領域を含む階層と言ってもいいだろう。冒険者(ダイバーズ)ギルドが発足してから何十年と経っているのに、攻略しきれていない低階層という、かなりわくわくする場所だ。人の手で造ったと思われる場所だから、なんか誰も持っていないようなお宝が眠っているんじゃないかと、ときめきが止まらない。

そして、灰色という名前がついている通り、色が灰色なのである。

それだけではなんのこっちゃわからない説明だけど、実際そうなのだ。壁も、内装も、調度品も、なにもかもが全部灰色。まるでペンキを塗ったくったかのように。そのため歩いているとときどき切れ目や区切りがわからなくなり、まるでモノクロ映像の中とか、二次元の中とかにでも入り込んでしまったかのような気分になる。しかも他に色味がないため、ひどく目に悪い。城内には背景に溶け込んで擬態しているモンスターもいるため、集中していないと敵を見失うことすらある。慣れないと苦戦する階層なのだ。

「うーん。ここもいつか、全部マッピングしてみたいなぁ」

完璧に攻略していないところ、行ったことのない場所というのは結構ある。野外の階層に関しては際限がないため例外だけど、第1ルートの【緑青に煙る街】も街の外側までたどり着いたことはないし、僕がいつも狩場とする【暗闇回廊】なんかも、実は半分くらいしかマッピングしていない。臭いし、ジメジメしてるのはもとより、暗いし、何よりボス級(クラス)が強いのだ。この前のあれ、『四腕二足の牡山羊(フォースアームゴート)』を倒せたのは、ちょうどスクレールと戦っていて、大きな隙があったからに他ならない。正面から倒しに行けば、まず帰ってこれない僕は死ぬになる。たぶんぐちゃぐちゃのぺちゃんこだろう。うへぇ。

ちなみに第3ルートは【屎泥(しでい)の沼田場(ぬたば)】以降、第4ルートは【赤鉄(せきてつ)と歯車(はぐるま)の採掘場(さいくつじょう)】以降は、まだ行ったことすらない。まだまだやれることは沢山ある。迷宮探索の楽しみは盛りだくさんだ。

灰色の城内に気を配りつつ、ときどき目薬をさして、てくてく歩いていると、奥の曲がり角からガシャンガシャンとまるで金属を打ち鳴らしたような音が聞こえてくる。鉢合わせることを察知し、待ち構えていると、重そうな灰色の全身鎧が視界の中に入ってきた。

ＲＰＧのお城の中とかに出てくるお約束の敵、『生きた鎧(リビングアーマー)』だ。レイス系の中でも物理的に倒せる数少ないモンスターで、人間っぽい動きをするため、意外と倒しやすい部類に入る。というかこれで人外な動きをされたら初見殺しも甚(はなは)だしい。ロケットパンチ的なのとか、鎧をバラバラにして飛んでくるとか、そんなことがないから一応は良心的な敵さんだ。

しかも――

「金属製だから倒しやすい。以上、終わり」

刀印（とういん）を差し向け、パパッと属性魔法を発動させて、行動させる間もなく雷撃を撃ち込む。こいつは僕の魔法が効きやすい。というか雷撃を浴びせれば大抵のモンスターは倒せてしまうのだ。効かない奴といったら深い階層にいる魔法抵抗の高いモンスターくらい。だからといって、なんでもかんでも余裕で倒せるというわけではないんだけど。

本当ならば魔力を温存したいところなんだけど、こいつはいつでもどこでもわんさかいるから、ズルはできない。見敵必殺で行くしかない。

ともかく、出会い頭でご退場と相成った『生きた鎧（リビングアーマー）』さん。ドンガラガッシャンと崩れ落ちた鎧をどけて、下敷きになった核石を取り出す。

大きさは十センチ程度。核石の大きさはモンスターの大きさによって変わるから、大きなモンスターのだと核石もとんでもなくデカくなるし、モンスターの種類によって色味も変わる。これを正面ホールに持っていって、洗い場で汚れを落として、受付でお金と交換するのが冒険者（ダイバー）の手っ取り早いお金の稼ぎ方だ。

交換した核石は専門の業者さんが、『モンスター除け（よ）の晶石杭（しょうせきくい）』に加工して、それをこれまた専門の業者さんが迷宮に持っていって、安全地帯（セーフポイント）を建設および整備するのだ。そういうサイクルがあるから、冒険者（ダイバー）は安心して迷宮に潜ることができ、ギルドも安定して迷宮の素材を手に入れることができる。ギルド発足時からずっとこんな感じらしい。核石の輸出も大きな収入源だそうだ。結構儲かってるみたいね。

『生きた鎧（リビングアーマー）』の核石を取り終わると、これから行く先に、人の気配があることに気付いた。

「あーらら―」

あまり人目に付きたくないので魔法の使用は一時控える。攻撃手段の大部分を封じられた形だけど……この階層では『生きた鎧（リビングアーマー）』相手にしか魔法を使わないから、気を付けてさえいればどうということはない。いざとなったら加速して逃げればいいし。

誰かいるのかなーと角を覗（のぞ）いてみると、四人組らしきチームが先行していた。

迷宮内にもかかわらず、楽しげに談笑しながら歩いている余裕ぶり。レベルの高いチームだろうかと思っていると、その中に見覚えのある姿を見つけた。

それは、金色の髪、片側に特徴的な肩当てを付けた少年。

「――あれー？　そのごっついショルダーアーマーもしかしてミゲルー？」

「ん？　その声はクドーか？」

僕の声に気付いたミゲルが、振り向く。

珍しく迷宮で、ばったり出会った。

すぐにミゲルが気安げに手を振りながら近づいてくる。

「お前も潜行中か」

「うん。奇遇だね」

「そういや知り合ってから結構経つが、お前と迷宮の中でカチ合うのって初めてだよな」

「あー、そう言えばそうだね。僕も潜り始めて半年近いけど、中で会うのは初めてだー」

フリーダに来てからこの半年、ミゲルとは正面ホール以外で会ったことはない。

最初の頃は僕もレベルが低く、一方ミゲルは高ランクだったため潜る場所も違ったし、いまはいまで、基本朝から潜るミゲルと、午後夕方に潜る自分とでは、時間が合わないというのもある。カチ合わなかったのは、必然だろう。この前みたいにホールでおやつ食べながら、だべって過ごすっていうのはよくあるんだけど。

だからこそ、

「こんな時間に潜ってるなんて珍しくない？」

「ああ、今日は午前中に用があってな。本当は潜らない予定だったんだが、時間もあるし軽く下りるなら……って話になってな」

軽く流して、お小遣いを稼ごうという算段か。レベルが高いと『軽く』のレベルでも結構な階層に潜れるから、稼ぐには十分だ。そこそこのご飯代——ミゲルなら酒代かな、手に入れられるし。

「——そっちのは知り合いかい？　そろそろ紹介して欲しいんだけど」

僕とミゲルが二人で話していると、会話の外にいたミゲルの仲間が声をかけてきた。

「お！　悪い悪い。こいつはこの前言った、ウチのチームに誘おうとしているヤツさ」

「へえ？　この子がか」

そう言って僕を見たのは、バサバサの長い赤髪の少しきつめな感じの目をした女性。歳は僕やミゲルよりもちょっと上くらいな感じの、まだわずかに幼さの残る容貌だけど、なんというか姉御と呼んでしまいそうな雰囲気を醸し出している。

かなりグラマラスで、それを最大限に生かすような、肩を露出させた胸を強調させるタイプの服を身にまとう、歩くエロス。背中に大きな鉄弓を背負っていて、森の中で巨大な獣を狩っているというイメージがすごく似合いそう。身長はミゲルと同じくらい。腰に毛皮を巻き付けているから、怪着族だろうと思われる。

「九藤晶でーす。ミゲルの友達です」

「あたしはレヴェリー・クロウハンド。チームで後方支援担当の弓使いさ」

あー、そう言えば、レヴェリーって名前には聞き覚えがあったような。

「俺の女だ」

「こーら」

ミゲルが突然、レヴェリーさんの肩に腕を回して、おっぱいを鷲掴(わしづか)みにする。レヴェリーさんは咎(とが)めるように軽く頭を叩くけど、全然嫌そうじゃない。つーか公衆の面前でちゅっちゅするなし。見せつけてんのか。

「うらやましいだろ？」

「うらやましすぎて僕の怨念がにじみ出てきそう」

「ははははは！」

高笑いするな死ね。怨念じゃなくて魔力がにじみ出るぞ。というかこんな色気たっぷりなお姉さんを彼女にしてるくせに、この前浮気騒動を起こしたのか。許されるなやっぱり死ね。

「そんで」

僕が怨念を送ってもびくともしないミゲルさん。彼の紹介が、その隣の女の子へと移る。

ローブを着込んだ、明るい金糸のような金髪を持った白い肌の少女。背も低く、ほっそりとしていてどこか儚(はかな)さを漂わせている。顔も幼さが強く、肌も赤ちゃんみたい。冒険者(ダイバー)

には似つかわしくない感じだけど、魔杖(マジックロッド)とローブ、周囲に張り詰める魔力が示す通り、魔法使いだ。ローブには金銀の刺繍が施されており、だいぶお高そう。控えめな態度と相(あい)俟(ま)って、いいところのお嬢さんを連想させる。

だけどこの子、この前、ミゲルの縄を外しに来て、不穏な毒を吐きまくって帰っていった子なのだ。

「こっちは前も見たと思うが、うちの魔法使いのミーミルだ。メルエム魔法学園を次席で卒業したエリートなんだぜ？」

「……ミーミル・トリスです。青の魔法使いです。チームでは主に後方支援を担当しています」

「よろしくどうも」

頭を下げるトリスさんに、頭を下げ返す。

魔法学園の次席卒業のエリート。なんかそう言えば、この前もメルエム魔法学園の話題が出たように思う。なんてったっけ。リ……なんとかさんが首席で卒業したとか言っていたはずだ。リ……なんとかさんが。もしかしたら知り合いかもね。

ミゲルが「最後に……」と言うと、青い大鎧を着込んだ大柄の男性が前に出る。

「オリランド・ランドだ。チームではリーダー……ミゲルと一緒に前衛をやっている。見ての通り、盾持ちだ」

ランドさんはそう言いながら、その体躯（たいく）にも見劣りしない大きな盾をどんと出す。いわゆるスクトゥムという方形の大きな盾だ。しかももう片方の手にはドでかいメイスを持っている。

ランドさん、岩壁のような大きさがある。歳はだいたい三十代後半。全身鎧で超ごつい。なんていうか、さっき倒した『生きた鎧（リビングアーマー）』が紙みたいに思えるくらいの厚みだ。前衛盾持ちということは、いわゆるタンク職だろう。地味で華のない仕事だけど、迷宮での戦闘では重要な役割を担っている。前線の維持はもちろん、魔法使いの守護等々、味方を庇（かば）うのがお仕事だ。プロレスラー並みに痛みに対して耐性がないと務まらない。

中でも一番特徴的なのは——その顔で、

（ランドの顔。すげーゴリラだろ?）

（うん。ゴリラだ。もしかして獣頭族の人?）

（いや、ちゃんとした人間だ）

（はー。人間って不思議だよねー）

（だよなー）

「……お前ら一体何話してるんだ?」

「いや、なんでも」

「うん、全然。よろしくお願いします」

さっきの会話は知られてはいけない。僕もミゲルも息ぴったりであった。

というかまずこのメンバー、すごい。トリスさんが後方支援と魔法での攻撃で、レヴェリーさんが後方警戒や中距離支援、撤退支援を受け持ち、ランドさんが後ろ二人の防衛と前線維持、ミゲルがアタッカー兼先導役だ。役割が被(かぶ)ってなくて、探索に必須の役しかいない。

「すごくまとまったチームだね」

「だろ？」

ミゲルは得意げだ。だけど、そうなるのも当然だろう。アタッカー、前線を支えるタンク職、支援の魔法使いに、後方警戒、中距離支援、撤退支援のできる弓使い。普通はこんなに都合よく集まらない。それをこうして集められたのはミゲルの眼力と人脈と、有能さのたまものだ。やっぱり超高ランクチームは違うなぁとしみじみ思う。

「ミゲルたちは、どこ行くの？」

「ああ、今日は軽く【黄壁遺構】までな。お前も来るか？　別に勧誘ってわけじゃないからいいだろ？」

一緒に潜るお誘いだった。いずれにせよ通り道であるため、

「うん。いいよー」

となる。

そういうわけで今日は、初めてミゲルのチーム『赤眼の鷹（ホークバッカス）』と一緒に冒険することになった。

第19階層　突撃！　ガンダキア迷宮第2ルート！　その2

僕たちは、手早く【灰色の無限城】を抜けて、【黄壁遺構】に到着していた。

無限城の敵モンスはミゲルたちが結構倒していたから、特段戦いとかもなかったしね。

そんなこんなで無限城にあった白い鏡面の境界を抜けると、出たのは木立の中。この奥に、地下――つまり【黄壁遺構】と呼ばれる地下ダンジョンへの入り口がある。木立と言っても、緑が鬱蒼と生い茂るような森の中ではなく、結構荒れた土地の枯れ木っぽい木々だ。針金みたいな枝や葉が飛び出ていて、触覚的以前に視覚的に痛そうなことこの上ない。

そんなところで、

「う、うわぁー助けてー、針金みたいな枝がー絡まってー」

「く、クドー、しっかりしろー、いま助けてやるからなー」

「…………ねえ、アンタら、そこで一体何してんだい？」

ミゲルと一緒に、『茨に捕まってマジ死にそうごっこ』をして遊んでいたら、レヴェリーさんが胡乱げな視線を向けてきた。

「えーっと、たまにはちょっとふざけてみようかなって」

「クドーがふざけだしたから、ノリでな。うん」

「はい。アンタら二人ともバカ決定」

レヴェリーさんにバカ認定された。

二人で弁解になってない弁解をしていると、ふいにトリスさんがダークなオーラを発し始める。

「……なにふざけてるんですか。ここ、ダンジョンですよ。ダンジョン。危機感ないんですか？　いくらミゲルさんのレベルが高いって言っても、やっていいことと悪いことがあるでしょ？　バカですか？　バカなんですか？　ダブルバカなんですか？　脳みそとろけて修復不可能なところまでいっちゃってるんですかお二人とも？」

トリスさんの口から毒が漏れ出てきた。

「おい、ミーミル。そこまでにしといてやれ」

「あ、ごめんなさい！　私ってばつい……」

ゴリラ顔のランドさんが止めに入ると、トリスさんははっと気付いたように口もとに手をあてがう。

だけど毒を容赦なく浴びせられた僕たちのテンションは、すでに下方修正済み。

「……ごめんなさい」

「……すいません」

……言い訳だけど、ふざける前に周囲の安全はちゃんと確認してからやった。ここはいわゆる『霧の境界』を抜けてすぐの、『モンスター除けの晶石杭』が打ち立てられた場所で、その周辺にも、モンスターの気配はなかったのだ。なら大丈夫かなーとふざけたんだけど、まさか毒まで吐かれてしまうとは。

とまあそんな感じだけど、空気は別段悪くない。ミゲルのチームメンバーはみんな気のいい人たちで、歩いているうちに結構気軽に話せるようになった。

僕が魔法使いというのも明かした……というかすでにミゲルが魔法使いを入れたいとメンバーに話していたため、すぐにわかったということもあるけど。

ふと、トリスさんが、僕の持ってる短めの魔杖を見た。

「あの、クドーさん。そんな大きな結晶石は一体どこで手に入れたんですか？」

「これ？　道の駅のお土産コーナー」

「ミチノエキ、とは？」

「あー、うん。まあその土地の特産品を売ってるところかなー」

と言うよりは、あそこトイレのイメージの方が強いんだけど。

結晶石、つまり魔杖の先端に付いた宝石のことだ。僕のは自作の魔杖で、付いているのはアメジスト。魔杖は魔法使いの魔力を調整するためにあって、宝石がその役割を担っている。宝石はこっちの世界に持ってくると、そういった力を持つようになるのだ。トパーズ、ルビー、サファイア、ジェイド、黄赤青緑とあって、この世界で力を持つようになる宝石はこれ以外にあとは僕のアメジストと師匠の持ってるオニキスくらいらしい。

ちなみに僕のこれは、初めてド・メルタに来たときに、紫父神アメイシスさんに魔法使いにしてもらったのに伴って教えてもらった。

「紫の結晶石ねぇ……それって本物なのかい？」

レヴェリーさんの訊ねに、トリスさんが答える。

「本物ですよ、レヴェリーさん。これには結晶石としての力を感じます。ですが、私も紫色の結晶石なんて初めて見ます……」

「あ、コイツ紫の魔法使いなんだと」

ミゲルが言うと、みんな驚いたような顔をする。

「ミゲルあのさぁ……」

「なんだ。別にいいだろ？　どうせお前は俺のチームに入るんだし」

「え？　それもう決定してるの？」

「あったりまえだろー」

「えー」

特に嫌そうでもない風に「えー」と言うと、ミゲルはニヤニヤしながら肩をバンバン叩いてくる。実際、ミゲルに誘われるのは嫌じゃないしね。しつこくないし嫌味じゃないし。

そんなことを言い合ってると、トリスさんがミゲルに言う。

「む、紫の魔法なんて聞いたことありません！」

「聞いたことないからって、存在しないってわけじゃないだろ？」

「ですが……」

トリスさんは納得がいかないよう。あれだ。これはきっと『そんなこと学校では教えてくれなかったもん！』的なあれだろう。メルエム魔法学園に権威があるなら、おそらくそう。

すると、ランドさんが、

「ミーミル。魔王を殺した魔法の女王も、俺たちの知っている四種魔法以外の魔法を使うって話だろ？　一概にないとは言えないんじゃないか？」

「それは……確かに聞いたことはありますけど」

はー、そうなのか。それはちょっと気になる。

「オリランドさん。ちなみにその魔法の女王様の魔法って、どんなのなんです?」

「ん?　ああ、それがな。俺も四種類以外って聞いただけで、そこまではわからないんだ」

「ありゃ、そうなんですか」

「気になるのか?」

「僕以外にもいるって話ですし、やっぱり」

気になる。もし僕以外に紫の魔法を使える人がいるなら、是非とも会ってみたいところだし。

そんな話をしながら歩いていると、やがて入り口近くにまで着いた。

すると、ミゲルが辺りを見回す。

「入る前に、まず『銀狼(シルバーウルフ)』だな」

「怪奇ファイルだね。マヨネーズで家庭科室だか理科室だかの火事を治めるすっげーガバガバのヤツ」

「なんだそりゃ?」

「うんにゃ、気にしないで」

銀狼(シルバーウルフ)。それが【黄壁遺構】内部に入る前に切り抜けなければならない関門だ。ここ

【黄壁遺構】の入り口前にある木立に出現する銀色の毛並みが美しい狼で、普通の獣っぽいけど、れっきとしたモンスターである。

衝撃が加わると体毛が金属みたいに硬質化して、針みたいに刺さるようになる。ヤマアラシ以上に危ない生物だ。ちなみに毛皮は結構な値段で取り引きされるし、怪着族（かいき）の人たちもこれを好んでまとっている。

やがて、茨の間から、銀狼（シルバーウルフ）たちが群れをなして出てくる。

唸（うな）ってこちらを威嚇しながら、徐々に近づいてくる中、ランドさんとトリスさんが、

「じゃあ、これでお前さんの力が見れるな」

「紫の魔法。拝見させていただきます」

と言うけれど、

「え？　僕はここでは魔法使わないですよ？」

「は？　おいおいお前さんよ。使わなきゃくぐり抜けられないぞ？　それとも何か？　俺たちが倒すの待つって言うんじゃないだろうな？」

「いえいえ、そんなことしませんよ」

別の方法でどうにかするつもりだし、大体いつもそうしてるしね。

ミゲルが訊いてくる。

「じゃあどうするんだ？」

「これだよ。これ」

そう言って、背中のバッグからあるものを取り出す。そして、ビニールをビリビリ破いて、ここを楽にくぐり抜けるためのブツを取り出した。

「なんだそれは？　ホネ……か？」

「そうそう……ほーら、ワンちゃんたちー、おいしいホネガムだよー」

ワンちゃん大好きホネガムを大きく振って見せびらかしてから、ぽいぽいぽーいーっと明後日（あさって）の方向へ三連投。

すると、

「わおーん！」

『銀狼（シルバーウルフ）』たちは我先にと争うように、よだれをダラダラ垂らしながら、飛んでいったペット用のホネガムを夢中で追いかけていった。あー、なんかかわいい。癒される。

「…………」

「…………」

「銀狼（シルバーウルフ）たちとは、これで戦闘回避してるんだ。あ、もしかして倒して経験値（スコア）いただく予定だった？」

「いや、別に経験値（スコア）も、欲しい素材もないしいいんだが……」

「あ、ならよかった。じゃ、入ろっか」

モンスターといえど、動物の呪縛からは逃れられないということか。犬じゃなくて狼なのにどうしてなんだろうとは思うけど。ここは異世界、深く考えたら負けだ。

僕が先に進もうとすると、ミゲルが、

「おいおい、さっさと行くんじゃねぇよ。この先には『催眠目玉（スリープアイ）』がうようよいるんだぞ?」

「メダマーズ? あれなら大丈夫大丈夫」

そう言って、ずんずん進む。ずんずん。

――ここ【黄壁遺構】では、ボス級（クラス）を除き、モンスターが四種類ほど出現する。さっきホネガムを追っかけていった『銀狼（シルバーウルフ）』と、以前スクレールやリッキーと来たときにスクレールがブチ抜いた『蜥蜴皮（リザードスキン）』。モンスターと言えばと訊ねられたら結構な頻度で挙がる『石人形（ゴーレム）』。そして、【黄壁遺構】へ入る冒険者（ダイバー）たちを阻む門番であり一番の鬼門、『催眠目玉（スリープアイ）』だ。

コイツは中でもいやらしく、対策をせずに囲まれればまず命はないとされ、ここに来る前は受付からもこっぴどく注意されるほどの危険なモンスターなのである。

ミゲルは僕のこと心配して声をかけてくれてるんだろうけど、僕はすでに対策を確立しているため、先行して特に問題はない。

地下へと続く階段に向かって進み、闇の中に踏み入ると、やがて奥の方に黄色っぽい光が見えてくる。異世界産、不思議鉱石の一つ、ずっと光っている石の輝きだ。【黄壁遺構】には、これが壁に埋め込まれていたり、燭台（しょくだい）の蝋燭（ろうそく）代わりにされていたりして、結構な明るさを保っており、環境的にはそう悪くない。

やがて奥から、ぼんやりとした輪郭が近づいてくる。ふよふよと、波間に揺蕩（たゆた）うかのようにゆっくりとこちらに近づいてくるそれは、直径五十センチはあろうかというほど巨大なむき出しの目玉だ。……そう目玉。眼球だ。水気を帯びたような光沢が気持ち悪い。

こいつが件（くだん）の『催眠目玉（スリープアイ）』で、冒険者（ダイバー）に催眠光線を浴びせてくる。……光線なのかどうかは実際よくわからないけど、なんかウェーブっぽい波動というかエフェクトが見えるし、そうなんだろうなーと思うことにしてる。冒険者（ダイバー）を取り囲んで催眠波をしこたま浴びせて眠らせたあとは、その場に放置で、やがて【黄壁遺構】をうろつく『蜥蜴皮（リザードスキン）』が匂いを嗅ぎつけてきて……という寸法らしい。

いつも思うけどえっぐいコンボだよほんと。

「目を伏せろ！　ランド、レヴェリー、頼む！」

「おう！」

「ああ！　任せな！」

ミゲルとトリスさんは目を伏せ、ランドさんが前に出て盾を構える。そしてレヴェリーさんに、催眠波の届かない遠距離から、鉄弓の力に物を言わせて倒してもらおうというのだろう。レヴェリーさんの弓を構える姿が凛々しい。さすが怪着族。

けど、ここはもっと簡単に切り抜けられる。

「……って、ちょっと！　クドーが先に行ってるよ!?」

「おい馬鹿クドー！　勝手に先行すんじゃねぇ！」

「大丈夫大丈夫。あれは僕がやるから、問題ないって――あ、目玉がむき出しで浮いてるのはすんごい気持ち悪いからそこんとこは大問題でまったく大丈夫じゃないんだけどさぁ」

気持ち悪いから視覚的にダメージはあるけど、催眠波しか出してこないから対策しとけばへっちゃらなのだ。

「ちょっと近い近い！　キモいから一メートルは離れてってば！」

……訂正。やっぱり全然へっちゃらじゃない。こっちみんな。

やがて僕を獲物と見て取り囲んできたデカイ目玉たちから、なんかウェーブっぽい催眠波が出てきた。

「クドーッ!!　……って、は、はぁ?」

しかし効かない。いまの僕には。別に自分に魔法をかけているわけじゃない。ただちょっとお薬的なものに手を出しただけなのだ。

「じゃじゃーん!　受験生の深夜のお供、カフェイン剤!　これ飲むと催眠波に当たっても眠くならないいんだよねー」

これを飲むと眠くならないとか、催眠波どんだけ低出力なのとか思うけど、まあモンスターの能力の事情など知ったことか。

催眠目玉(スリープアイ)たちは力んでいるのか、催眠波を出しに出しまくってなんか充血して、プルプル震え出してきた。頑張ってるみたいだけど、その努力は無駄なんだな。

ミゲルたちがア然としている中、僕の行動ターンに入る。

「そしてこれが、むき出しの目玉を簡単に倒すための必須アイテム!」

そう、キ○カン入りのウォーターガンである。

「キ○カン塗って……ってね。この場合噴射だけど。っていうか弱点モロ出しって生き物的にどうなのさ?　モンスターだけど」

メダマーズは何かに気付いたようにふよふよと後退(あとずさ)りし始める。けどもう遅い。密集す

る巨大な目玉に狙いを付け、撃つ撃つ撃つ。

　すると、目玉は浮いた状態からさらにビクンビクンと跳ね、じゅわーっとアツアツの鉄板にソースをかけたような音を立てて、催眠目玉（スリープアイ）はなす術（すべ）もなく朽ちていった。

「なんだいあれは……催眠目玉（スリープアイ）が一瞬で。あんな簡単に」

「純度の高い聖水でしょうか……」

いえ、かゆみ止めです。アンモニア水が入っているので、目に大変よろしくないのです。ちょっと薄めてるけどね。それでもこいつには効果抜群らしいんです。

カフェイン剤、キン〇ン、ウォーターガン。目玉浄化セットという名前を付けようか。

ちなみに、トリスさんの言ったようにというかちょっと違うけど、聖水――お小水は効果があったりする。最初はこれ、目玉だし、呪いっぽいもの浴びせてくるから、邪視のお話にならい、不浄のもので対抗してみたら――瞬殺だった。汚いとか言うなし。

　意外にもモンスターさんたちって、地球の『いわれ』などと結構リンクしている節があるものが多いのだ。たぶん集合的無意識とか、普遍的なものなんだろうと思う。アーキタイプアーキタイプ。

「……手慣れてんなお前」

「まーこいつも通るしねー。楽して稼ぐのが目的なのに、途中で疲れちゃうと意味ないしさー。だから通り道はこうやってできるだけ魔法を使わないでアイテムでやりくりしてるわけ」

　こういった探索は僕のお財布にも響くけど、今日手に入れたお金で、壺やら磁器やら異世界の骨董品やらを買って、古物商を営む叔父さんに引き取ってもらえばオーケー。

　この前みたいに金貨を直接換金できれば簡単なんだけどね。そっちはやりすぎるとマズいから、必要に迫られたときだけと決めている。

　アイテムの話をしたんだけど、ミゲルは別のことが気になったらしく、

「……いつも通るだって？」

「ん？　そうそう、僕いつもこの先でレベル上げするんだー」

「『石人形（ゴーレム）』でか？」

「まっさかー。あれじゃ固いくせに経験値（スコア）効率悪くておいしくないじゃん。僕が言ってるのは【暗闇回廊（くらやみかいろう）】にいる『吸血蝙蝠（ブラッディバット）』のことだよ」

　そう言うと、ランドさんがゴリラ顔を険しくさせ、

「じょ、冗談だろ!?　あいつらまとまって来るんだぞ!?　魔法使いが一人で対処なんてできるわけが……」

「そうそう。僕はそっちの方がありがたくてですねー。いっぱい集まってきたところを一

気に倒すんですよー」

　確かにあいつらはランドさんの言う通り、十数匹単位で一気にまとわりついてくる。飛んでくるというより、獲物を見つけると勢いに任せてぶつかってくると言った方が正しいかな。しかも真っ暗闇の中から。普通は魔法を使っても、すぐに別の方向から取り付いてきて払いのけるのは至難。まごまごしていると血を一気に吸われてショック状態になるみたいだけど、僕には登山用ライトと雷の魔法がある。まとまってくればその分、電気が通りやすいのである。

「……おい、クドー」

「やだミゲルさんってばなんかお顔がすごく怖いんですけど？　どうかなさいまして？」

「いままで聞きそびれてたが、お前、レベル一体いくつだ？」

「あ、それ、訊いちゃうの？」

「まあ、言いたくないなら無理にとは言わねぇよ」

　という。冷たく言われると、さすがに寂しくなってしまうので。

「レベルは34。あ、これ嘘じゃなくてマジだから」

「34って……」

　ミゲルはみるみる表情を険しくさせる。一方、チームのメンバーも、驚きを顔に出して、

「34だって!?」

「嘘だろおい!?」

「え？　え？　だって、そんな高レベルの魔法使いがいるなんてそんな話……」

聞いたことはないか。だって情報はアシュレイさんに止めてもらってるからね。最近なんか徹底してくれないことが多いけど。

みんなが驚く中、ミゲルがふと手を出す。証明書(スコアカード)を見せてくれと言うのだろう。チームの人間以外にそれを求めるのはマナー違反だけど、まあ、別に友達だしそこは全然構わない。

見せた途端、ミゲルの顔が何とも言えない感じになる。呆(あき)れたというか、肩の力が抜けたというか。そんなの。

そして、

「…………おい、いまフリーダにいる魔法使いでレベル30超えてる奴ってどれくらいいる？」

その問いには、魔法使いのトリスさんが答える。

「確か、十人から十五人程度ではなかったかと」

「34以上は？」

「ええと……チーム黒の夜明団（ブラックダウンオーダー）の『炎似隼（ラ・ファルコ）』、チーム勇翼（ブレイブウィング）の『翠玉公主（エスメラルダ）』と、あとはフリーの『天魔波旬（テンマハジュン）』が、35以上あったかと……」

「へー、意外に少ないんだねー」

「お前、知らなかったのかよ？」

「ほら、僕程度のランクじゃミゲルのところみたいに情報仕入れられないし」

「そうか。それで持ってる情報にばらつきあるのか……」

ミゲルは納得したように言うと、また僕に訊ねてくる。

「お前、ここに来て半年だろ？　それでそんなレベルになるなんて、どんな手を使いやがった？」

「どんな手もなにも、普通に潜ってればそれくらい……まあもうちょっと低いかもしれないけど、上がるんじゃない？　ほら僕ってば基本一人（ソロ）だから、効率は他とはダンチだし」

「にしたってよ……。なら……そうだな。お前この半年、週に何回潜ってる？」

「テストの時期はちょっとおろそかになったけど、大体毎日かな。あ、時間はバラバラだけどね。短いときもあるし、長いときもあるよ？」

「あのなぁ……」

ミゲルさん、ため息吐き出した。

「そこまでおかしいかな？」

「普通は毎日なんて潜れねぇっての……」

「確かにそうかもだけどさ。でもそこそこやる気があれば、そう無理なことでもないんじゃないの？」

「かもしれんが……」

やっぱ常識的に考えにくいのか。怪我(けが)や疲労の分を加味しても、ちゃんと管理して計画を立てていればなんとかなるっていうのは、自分で実証済みだ。魔法使いだから回復魔法が使えるのが一番デカいか。怪我をしても魔力さえあれば治せるしね。

「あとは他にないのかよ？　レベルが上がった理由」

「あと？　あとは……」

そう、あとは、あれだ。あれ……。

「どうした？」

「…………師匠にいじめられた。鬼だよあれは」

鬼だ。悪魔だ。それくらい、師匠のしごきは途轍(とてつ)もないものだった。死にかけた×10くらいある。むしろ死んだ。精神的に。

愚痴が口からゲロゲロ出てくる。

「………この前さ、師匠にさ、【屎泥の沼田場】に連れてかれてさ、『粘性汚泥』とか、『溶解屍獣』とかと戦わされてさ。ほんとひどい目に遭ったんだ。精神的にもうほんと参るよあれはリアルでマジ無理」

「あーあそこはほんと気持ち悪いもんなー」

ミゲルが同意すると、ランドさんが、

「気持ち悪い言う前に、まずレベル的な突っ込み入れるところだろリーダー。一応あそこも迷宮深度25だぞ？　普通の魔法使いが一人で潜れるレベルを超えてる。しかも『溶解屍獣』って……」

「そこは聞こえなかったことにしたんだが、ダメだよな。おいクドー、倒したのか？」

「一応、なんとかね。記載、あるでしょ？」

そう言って、証明書を指し示すと、

「……おいおい、アレは俺たちだって倒したことねぇぞ？」

「あれは戦うヤツがバカだと思う。どんな冒険者だって手を出さないのが当たり前だよあれは」

「で、めでたくそのバカの仲間入りを果たしたヤツはどうやって倒したんだ？」

「まず周りの毒霧や毒沼を雷落として削りまくる。雷の直撃に伴う衝撃波で周りのものをできるだけぶっ飛ばして、本体もそこそこ削って、暴露させた本体にできるだけ高火力の魔法をぶつける。そんな感じ。魔力さえ十分にあれば、そう難しくはないけど、やっぱめんどくさいね」

　すると、レヴェリーさんが訊ねる。

「毒霧ブレスはどうするんだい？」

「あれは広範囲に来ますけど、汎用魔法をありったけ重ね掛けすれば、近づいてもかわせるようになるんで」

　師匠に使えるようになれと強要された『重ねて保持』のあれだ。あれのおかげで、だいぶブーストがかけられて楽なのだけど、そこまでできるようになるまでどれほど地獄だったか。ここでは語り尽くせない。布団に入ったらすぐ朝になったとか、リアルで起こった。

　ふと、トリスさんが恐る恐るといった具合に訊ねてくる。

「あの、重ね掛けって、いくつですか……？」

「六つくらい。最高で七ついけるけど、属性魔法使うキャパは空けとかないといけないからね」

　と言うと、トリスさんはまたダーク化して、

「六つ……最高で七つ……その上で属性魔法。なんですかそれ。おかしいでしょ？　詐欺

じゃないですか。詐欺。どうなってるんですか？　普通使えるわけないじゃないですか？　どんな詐欺行為を働いたらそんなことできるようになるんですか……」

また口から毒をぶつぶつ吐き出した。というか詐欺働いたとか言われても困るんですけど。あれは僕が地獄を見たその対価なのだ。むしろちゃんと恩恵を受けられなかったらマジで辛（つら）すぎるって。

一方、オリランドさんも驚いた様子で言う。

「おいおいおい……王国の宮廷にもそんなヤツいなかったぞ？」

「前衛で戦士二人に補助を十分にかけて、敵と戦えるレベルか……さすがレベル30オーバーってところだね」

レヴェリーさんも感心している。魔法のことですごいって言われるのって滅多にないから、ちょっと嬉しいな。

「なークドー、お前やっぱり俺のチームに入れよー」

「いやーそれもいいとは思ってるんだけどねー。いまやらなきゃいけないこととかあるからさー。それが終わったらでいいなら、お呼ばれしようかなって」

「お？　マジでー？」

「もうちょっとかかるけどねー。それまで待っててよ」

「いいぜー待つ待つ」

「なんでこいつらこんなに軽いんだよ……おかしいだろ」

僕たちのゆるゆるな会話に、ランドさんが呆れだした。まあ気持ちはわかります。

そんな中、レヴェリーさんが訊ねる。

「で？　できるだけ魔法は使わないって言ってたけどさ、トカゲとこのあとの石人形（ゴーレム）はどうするんだい？　そっちは使わなきゃ倒せないだろ？」

「戦わないでやり過ごしまーす。『蜥蜴皮（リザードスキン）』も面倒だし、さっきも言いましたけど、『石人形（ゴーレム）』はやたらタフなくせに経験値（スコア）ゲロマズですし」

「それで？」

「『蜥蜴皮（リザードスキン）』は出てこないところを通ります。石人形（ゴーレム）も巡回ルートが決まってるんで、やり過ごしまーす」

そう言うと、今度はミゲルが訊ねる。

「『蜥蜴皮（リザードスキン）』はわかるが、石人形（ゴーレム）をやり過ごすなんてできるのか？」

「この先の交差地点を石人形（ゴーレム）が一度通ると、一定時間出てこなくなるんだよ」

「通ったらって、すぐに他のが出てきたらどうすんだよ？」

「それについては確認済みだよ。石人形（ゴーレム）たちは群れないし、石人形（ゴーレム）同士がかち合うと、それぞれ別の方向に向かうんだ。ここにはどういうわけか一度に二十体しか出現しなくて、東側には八体、西側南側は六体、北側はゼロ……っていうかなしね。なし。ここの先を一度通ると、十分は経たないと次の巡回は来ないんだ」

「じゅっぷん？」

「あー、そっか。こっちって細かい時間の概念がまだないんだっけ」

この世界、日時計はあるけど、分刻み秒刻みのあるものまではないらしい。いや一般に普及してないだけかもしれないけれど、いまのところ僕の活動の範囲では見たことがない。

ここの世界の人たちは、現代人からすれば、結構アバウトな感じで行動しているのだ。

僕が袖を捲ってみせると、

「なんだそれは？　動いてる……？」

ミゲルたちが覗き込んでくる。

「随分と細やかな道具だね……」

「魔導具か何かですか？」

「いんにゃ。ただの絡繰りだよ。腕時計。これで時間を計ってるんだ。この針が、ここからここまで来たら、十分ね」

「じゃあそれを使って、石人形が出てくるタイミングを計ったのか？　ずっと観測し続けて？」

「規則的に動いている節があったから、もしかしたらって思ってね。石人形だけは、他のモンスとはちょっと違うみたいだし。なんていうか一定のプログラムがインストールされたロボットみたいな？」

と言うと、トリスさんが訊ねる。

「見つかったときはどうしてるんですか？」

「まず見つからないけど、見つかったらダッシュで逃げるかな？　あいつら見た目通り鈍重だから。別に倒しちゃってもいいんだけど、まー魔力効率を考えるともったいなくて。ちなみにこのタイミングで横の道に行くと、他の石人形とかち合うよ」

「…………」

ミゲルたちはなぜか驚いて呆けている。こういったやり過ごし方なんて誰もしないからなのかな。知られていないだけで、こうやってやり過ごせるモンスターは結構な数いるのだ。

道順とタイミングを説明したあと、様子を窺いつつ通ると、

「ほんとに来ないね」

「まったくだ」

「すごい。ここをこんなに簡単に通れるなんて……」

「あ、次はこっちを右に。小部屋に入って、五分待ってそのあと一気に駆け抜けるよ」

そんなやり取りをしつつ、【黄壁遺構】の石人形(ゴーレム)出現区画を切り抜けた。

いまは、【黄壁遺構】にいくつかある安全地帯(セーフポイント)に到着している。

ふとトリスさんがレヴェリーさんに声をかけた。

「レヴェリーさん、ごはんです」

「お、すまないね」

トリスさんがディメンジョンバッグから、いくつかパンを取り出した。パンと言っても、僕たちが一般的に知ってるふわふわのパンじゃなくて、お盆くらい大きくて、クッキーを軽く凌駕(りょうが)するほどカチコチな煎餅(せんべい)みたいな保存用のパンだけど。

トリスさんが革袋を取り出すと、レヴェリーさんはその中身に煎餅パンを浸しながら、食べ始めた。革袋の中身はおそらくミルクだろう。

レヴェリーさんは怪着族だ。彼女の種族は力が強い反面、お腹が減りやすいらしく、迷宮探索中でも、他の種族に比べて食事の量も回数も多いという。たぶん帰りにあと一回くらい、お食事休憩を挟むことになるだろうね。

「やっぱりお腹減るんだねー」

「こればっかりはしょうがねぇよ。眷属作った神様の差配一つだからな。ちなみに俺との出会いのときも、腹空かせてたんだぜ？」

「……もう定番というか、なんというかね」

「怪着族ってのはどうも一人で潜ると、持ってきた食料全部食べちまうことがあるらしい。そのときもついつい食べすぎちまったらしくてな、途中で食い物切らして動けなくなったそうだ」

「………………」

食べ物あったら全部食べちゃうとかワンコか。それくらい我慢できないのか。ほんと不便だ。

「つまり、それで知り合ったと」

「おう、その一件で惚れられてな」

「ちょろっ！　というかご飯あげただけで惚れるって……」

どうなのか。いや、そういうのもあっていいと思うけど、やっぱりちょろいとしか言いようがない。

僕が驚いていると、煎餅パンを食べていたレヴェリーさんが、

「なに言ってんだい？　女を養える力を持ってるのは、男として重要な要素だろ？」

「ふえ?」

「財力は男の魅力の一つってことさ。もちろん、あたしがミゲルに惚れたのはそれだけじゃないけどさ」

レヴェリーさんの流し目を受けるミゲルの得意げな顔が、ちょっと腹立つ。ともあれ、みんなレヴェリーさんと同意見らしく、そんなの常識だろみたいな顔している。

こういうの、なんか餌付けっぽいとか思っちゃったりするけど、こっちではこれが普通なのか。男は女に奢る――財力を示すことで、魅力を示せるということなのだろう。そう言えば昔の時代は、家と家の繋がりが重視され、恋愛結婚なんてほとんどなかったと学校の授業で習った。財力を持つ家と繋がりを持つことで、家をさらに繁栄させようというものだ。

まだまだ冬になるだけで餓死者がいっぱい出る世界だ。結婚に恋愛を持ち込むことが難しいのが、一般的なのだろう。食べさせられる力を持つ男は、それだけで魅力十分なのだ。

……ちょっと納得いかないけど。

でも僕は恵まれた時代に生きているからこそ変に思うのであり、財力も大きなファクターと見るこっちの世界の人とは、感覚がかい離しているんだろうね。常識は違うというやつだ。

　でも、この二人がちゃんと恋愛してるのは間違いない。そうじゃなかったらあんな仲睦まじくないだろうし。うらやましい。ほんとなぜ浮気するのだミゲル。死ね。

　お食事の時間ということで、ここで一時足踏み。

　ただ待っているのもアレなので、僕もおやつ代わりに何か出そうと思う次第。

　そんなわけで、虚空ディメンジョンバッグを使って、異空間に手を突っ込む。

　それにはミゲルがいち早く気付いた。

「お、またなんか出すのか？」

「そうだけど、期待に添えるものはないと思うよ。今日持ってるのは菓子パンばっかりだし」

「かしぱん？」

「そ、おやつ的なパンのこと」

「ほう？」

　ジャムパン、マーガリンパン、チョコパンなどなど。

　ぽいぽい取り出していると、他の面々も覗いてくる。

「透明な袋に入っているな」

「随分と柔らかそうですね」

「(もぐもぐ)」

レヴェリーさんは口いっぱいに頬張りながら。そんな感じでも絵になるのは、やっぱり美人さんだからなのか。

「こっちがいちごジャムのパン。チョココロネ。クリームパン。チョコチップのメロンパン、あんパン。ハニーシュガーのパンなどなど……」

ランドさんが、パンの袋を持ち上げて眺める。

「ほほう。いっぱいあるんだな」

「僕の携帯保存食的な感じです」

すると、トリスさんも同意するように微笑む。

「ディメンジョンバッグは中に入れたものを保存できますから、楽ですよね」

「ほんとほんと。魔法使いになって一番よかったって思えるのがこれだよね」

「確かにな。冒険者(ダイバー)のチームが魔法使いの取り合いをするのも、これが大きな理由だしな」

「(もぐもぐ)」

以前にも荷運び役(ポーター)さんの話題が出たからわかるけど、それだけ冒険者(ダイバー)にとって荷物問題は切実なのだ。魔法使いのいないチームは持っていくもの、持って帰るもので四苦八苦するという。

あとレヴェリーさん、まだもぐもぐしてる。カチコチのパンはいつの間にか半分消えてた。

「基本的に甘いパンばっかりだから、苦手だったら他のも出すけど」

「ああ、俺たちは大丈夫――」

「ねえ。これ全部食べていいのかい？」

レヴェリーさんの目がらんらんと光っている。さっきまで食べていたカチコチの保存食のパンはすでに、なくなっていた。どこぞのブラックホールへ消えてしまったのだろうか。

「さ、さすがに冒険中に全部食べちゃうのはどうかと思う次第でして……」

「これくらい余裕だけどね」

「おいレヴェリー、さすがにやめとこうぜ。まだ探索するんだしよ」

「ミゲル。こんなに甘いパンがあるのに、あたしに諦めろと？」

「いやお前そんなメシに執着する奴だったか？」

「だって甘いパンだし……」

レヴェリーさんはそう言って、恥ずかしそうにモジモジしている。さっきまでのかっこいい感じはどこへやらだ。ミゲルはそんなレヴェリーさんをつっ突いたりして遊んでいる。

イチャイチャすんなし。

　僕は意見の合わない二人に、助け舟を出す。

「いえいえ、お土産にするとかできますので」

「あ！　その手があったね！　その手でいこう」

　というわけで、決着である。

　そんなこんなで、お食事タイムとなったわけだけど。

「お？　これ美味いな。思った以上にふわふわしてる」

「そうだね。こっちのパンと比べればそうかも」

「これが携帯用だなんて贅沢してるなお前も」

「僕のとこじゃ、銅貨一枚くらいで買えるから」

「これが？　どうなってんだよお前の住んでるところは。もう一個もらうぜ」

「どうぞどうぞ」

　そんなこんなで、菓子パンパーティーである。そんなパーティー聞いたことないって？

大丈夫。僕も初耳だから。

「このめろんぱん、でしたか？　外側がサクサクしててとてもおいしいです」

　トリスさんが、小さなお口でメロンパンをあむあむ頬張っている。

「いちごのジャムなんて子供の時分以来だな。ヤマイチゴは酸っぱいが、こっちは甘い。糖分が染みわたるな……」

ランドさんは昔を思い出しているのか、やたらしみじみしている。

そんな風に感想を一人一人言ってくれる一方、レヴェリーさんはというと、

「甘いよ。うまいよ……」

陶酔したようにそんな言葉を口から漏らしながら、菓子パンを食べている。

怪着族の人。甘いものに目がない。よくギルドの食堂や休憩所ではちみつ壺を抱えてペロペロしているプーさん状態なのを見ることがある。レヴェリーさんもその例に漏れないということか。

(ミゲル、あれ大丈夫なの?)

(大丈夫なんじゃねえか？　ミーミル)

(はい。一過性のものだとは思いますけど……でもしかたありませんよ。クドーさんの持ってきたパン、どれもおいしいですし)

(どうにかならなかったらリーダーになんとかしてもらおう)

というランドさんの無責任な発言に僕も乗っかることにした。まあ甘いパンがなくなれば元に戻るだろう。

ともあれ、レヴェリーさんはハニーシュガーの奴がお気に入りらしい。

やっぱりはちみつだからなのだろうか。怪着族はちみつ大好きすぎだろ問題。綺麗なお姉さんが食べ物をリスみたいに頬張ってるという妙な場面に遭遇している。

そんな食事が一通り終わったあと、レヴェリーさんが真顔で迫ってきた。

「で、では、お土産の話なんだが、いくらだい？　言い値で全部買うよ？」

「よし！　買った！」

「で、では、全部で銀貨一枚で……」

結果保存食用の菓子パンは、勢いに押されて全部売っぱらってしまった。

怪着族の欲求おそるべしである。

みんなでご飯を食べ終わったあと、探索会議に移った。

「――それでミゲル、ボスはどうするの？　狩るルート行く？　それだと結局『蜥蜴皮(リザードスキン)』ルートになっちゃうけど……」

各階層には、ボス級(クラス)の縄張りがある。ゲームのイメージだと、ボスを狩らないと次の階層に行けないのが普通だけど、ここガンダキア迷宮はそういったシステムではないのだ。

ここではダンジョン内を徘徊(はいかい)するタイプのモンスターや、多数現れるタイプのモンスター以外の、縄張りを持つ少数出現の強力なモンスターがボス級(クラス)とみなされており、別に倒さなくても先の階層には問題なく行けちゃうのだ。ただ進むだけなら、戦わなくても構わない。

でもボス級(クラス)モンスターは他のモンスターに比べ、経験値効率(スコア)はよく、内包する核石(かくせき)も出力が大きくて強力だ。倒すのはもちろん大変だけど、その分のリターンバックはとてもとても大きい。

僕がボスをどうするか訊ねると、ミゲルが首を横に振った。

「いや、ここのボス討伐はなしにしよう」

「リーダー。目的を変えるのか？　最初は倒す予定だったろ？　そうなると今回潜ったうま味がねぇぜ？」

ランドさんの言う通りだ。モンスほとんど倒さず来たから、お小遣いも稼げていない。

「その分は次の階層で稼ぐ」

「回廊に行くのかい？　予定にはないよ？」

レヴェリーさんに次いで、僕も訊ねた。

「準備の方は大丈夫なの？」

「一応物資はミーミルに持ってもらってるからな。それに、今回は回廊に潜る目的のヤツもいるし——」

ミゲルはそう言って、今日【暗闇回廊】まで行く予定だった僕にウィンクする。

「あー、レヴェリーさーん、あなたの彼氏が男に色目使ってますよー」

「へぇ？　アンタそんな趣味があったんだ」

「ねえよ!!　……まあ、それでだ。今回は『四腕二足の牡山羊（フォースアームゴート）』を倒す」

そう言うと、レヴェリーさんが深刻そうな顔を見せる。

「ちょっとミゲル。それは無茶のしすぎだ。予定外にもほどがある」

「いや、大丈夫だ」

「何を根拠に言ってるんだい……」

「リーダー、それは俺も反対だぜ？　そりゃあ倒せない相手じゃないが、準備不足だ。というか、どうして急に倒すだなんて言い出した？」

それはきっと、あれだ。ミゲルがあれを見たからだ。

僕が「あー」と、なんとも言えない声を出していると、

「こいつの証明書（スコアカード）に、『四腕二足の牡山羊（フォースアームゴート）』の記録があった」

「!?」

「おいおいおい……」

「ほんとですか！」

三人がそれぞれ驚く。まあいくらレベルがあったって、そうそう倒せるようなヤツでもないしねボスは。

「この前ちょっと、ね」

なんて言うと、ミゲルが訊ねる。

「一人でやったのか？」

「まさか！　そんなのムリムリムリ！　僕はとどめを刺しただけだって！」

「なんだ。じゃあ誰かと潜ったのか？」

「いやそうじゃなくて、少し前に稼ぎに回廊に潜ってたらたまたまピンチな子がいてさ。『四腕二足の牡山羊(フォースアームゴート)』もそっちに集中してたし、どうしようもなさそうだったから、横から魔法ドーンで」

「倒したと」

「ま……まあそうなるかな？」

「つまりだ。隙さえ作れれば、一撃でぶっ倒すことは可能だってことだな？」

「なんでそんな解釈になるのさ？」

「だってそうだろ？　助けに入ったってことは、『四腕二足の牡山羊(フォースアームゴート)』には、まだまだ余力があったってことだ。それを魔法使いが横から倒すなら、必然的に一撃でやらなきゃならんし、それができる火力があるってことになる。違うか？」

「おっしゃるとおりですー。ふーん！」

ぞんざいに言う。もう誤魔化(ごまか)すのは諦めた。いやまさかそこまで読み取られるとは思わなかった。

「――というわけだ。いまの俺たちのチームには、魔法使い二人のバックアップと、高火力が約束されてる。俺はできなくはないと思うが？」

「いいよ。確かにそれなら、勝算は十分だ」

「さっき汎用魔法の重ね掛けが六くらいできるって言ってたしな。倒せる一発があるなら、いいと思うぜ」

「ボス相手だからちょっと不安ですけど……皆さんがやるんでしたら」

「でもー、それだとー、僕の消耗がー、大きいと思うんですけどー、そこどう考えてるんですかねー」

「なんだ。お前倒しに行きたくないのかよ？　ソロで潜ってると、こんな機会そうそうないと思うけどな？」

「そ、それはまあ、確かにそうかもしれないけどさ」

「倒したら経験値(スコア)ウハウハだぜ？」

きゅぴーん。

「よし！　僕もこの話乗った！」

結局、僕も現金だった。だってミゲルの言う通り、経験値（スコア）ががっぽり稼げるんだもん。

それに、勝算だって低いわけじゃない。むしろ高いし、この前倒したときよりも状況はずっといいし、ミゲルたちも倒したことあるなら、もしかしたら思った以上に簡単に倒せるかもしれない。

　ということで、次の階層にも、五人で向かうことに決定したのだった。

第20階層　突撃!　ガンダキア迷宮第2ルート!　その3

今回の潜行(ダイブ)の最終目的も決まり、迷宮深度20【黄壁遺構(おうへきいこう)】を通り抜けた僕とミゲルたち、チーム『赤眼の鷹(ホークバッカス)』。

すでに僕の狩場であり、探索し慣れた場所でもある迷宮深度30【暗闇回廊(くらやみかいろう)】に到着していた。

深度30――いまでもこの数値は、僕にとってまだまだ危険な指標となり得るけど、ここ【暗闇回廊】は何度も潜行計画を立てて、安全な探索の仕方を確立したため、安定して潜れるようになっている。最初は暗いの怖くて大変だったけど、人間の慣れってすごいなって改めて思うよ。いまはまったくの平気だし。

ここの名称についても、単にこの場所の特徴をそのまま名前にしたものだろうと思う。場所は完全な暗闇に包まれており、明かりを点(つ)けると、海外の回廊のようなアーチ状の天井に、片側は壁、片側は柱といった具合に長い廊下が続いている。ところどころ庭付きだったり、ところどころ壁だけだったりと、場所によって造りなんかはまちまちだけど。

一見どこかの巨大な建造物の内部のようにも思えるのだけど、部屋らしい部屋は少なく、各所に物置じみた小部屋とボス級が住み付く中庭や部屋、あとは安全地帯があるだけで、基本的に回廊を張り巡らせるように延び、屈折し、分かれ道がいくつもあるというだけだ。そのため、さながら廊下だけで構成された建物といった具合。しかも廊下だけであるため、無意味な行き止まりも発生し、迷路のようになっているとかいやらしい階層なのだ。

極めつけはこの【暗闇回廊】、光源を弱めてしまうという鬼畜仕様が施されている。なんでこんな効果があるのかはまだ解明されていないんだけど、松明をつけたり、異世界特有の発光する不思議な鉱石――さっき【黄壁遺構】を照らしていたヤツを持ってきたり、魔法の光を灯したりすると、なぜかいつもの光量を得られない。周囲くらいしか明るくならないのだ。

僕の場合は現代の強力なライトを購入して、攻略に当たっている。なぜかこれは弱まるものの範疇に入ってないからね。文明の利器、万歳である。

ここは回廊と名の付く分、屋外に露出しているところもある。だけど、なぜかずっと暗い。まるで室内にいるみたいに。

夜だから……だとは思うのだけれど、星も月も見えない。にもかかわらず、外にいるような質感と、風が感じられるため、屋外だということだけははっきりわかるというのは、なんとも不思議な感覚だ。たぶんだけど、次の階層である【常夜の草原】と直に繋がっているのだと僕は考えている。あそこも名前の通り、ずっと夜だ。向こうの世界にも、日中ずっと陽が沈まない『白夜』というのがあるけど、こっちのは完全に夜の様相。極夜みたいなもん。

はっきりしたことはわからないけど、解明するには、ここを隅から隅まで調べて、外に繋がる出口を探し出さなければいけないだろう。これもいつかやってみたい。

……まあそれにはまず、廃墟臭とひどいじめじめが、一番の敵として立ちはだかるんだろうけど。うへぇ。

『霧の境界』を出て、進む準備を始めると、まずミゲルが、棒の先に光源を吊り下げた提灯みたいなものを組み立て始めた。

「なにそれ？」

「【暗闇回廊】専用の光源だろ？　お前持ってねぇのか？」

「うん。そんなのあるんだねー」

「あるんだねーって……またあれか。さっき持ってたヤツみたいな、変わった道具を持ってるのか」

「そうそう」

僕のはサファリハットに取り付けている登山用ライト。そう言えばミゲルの持ってるやつって、ここに来る他の冒険者(ダイバー)も持っていたのを見たような気がする。あまり印象に残っていないのは、明かりとしての性能はあまりよくなかったからだろう。

「僕はこれ」

そう言って、帽子に付けた登山用のヘッドライトを点灯し、両腰にもＬＥＤのライトをセット。これで探索準備は万全だ。

すると、ミゲル以外の三人がそれぞれ口を開く。

「はー、ずいぶんと明るくなるね、それ」

「炎でも、鉱石の光でもないな」

「魔力でもないです……しかも光が強いまま……」

トリスさんがつま先立ちで背伸びして、むーっと口を真一文字に結んで、頭の上のライトをじーっと見つめてくる。どういった仕組みなのか気になるのだろう。さすがに僕程度の頭では、これの仕組みを細やかに説明などできない。

なので、

「せ、説明がすごく長くなるので、そういうものだと思ってもらえれば」

と言って、濁しておいた。一方、進む準備が整ったミゲルたちの方はというと、隊列を変えたのか、ミゲルのすぐ後ろにランドさんが歩み出る形にするらしい。この暗闇の中、突発的に『吸血蝙蝠(ブラッディバット)』と遭遇しても、これならば対応が利きやすい。全身鎧(よろい)のランドさんがすぐに前に出られるようになれば、群れて集(たか)られてもへっちゃらだろうしね。

出発準備が整ったところで、僕はみんなに切り出す。

「ルートは僕の方で決めていい?」

「お?　いい道順があるなら頼むわ」

「おっけー。——よっと、これこれ」

そう言いながら、背中のバッグから一冊のノートを取り出す。ガンダキア迷宮攻略に当たり、僕がこれまで地道にコツコツ作った、階層別潜行計画ノートの一つである。階層の情報と地図、モンスターの情報を写真付きで記した備忘録を兼ねた一冊だ。探索プランもこれに基づいて作っており、攻略前には必ず目を通すようにしている。

ふと、ミゲルたちが興味を惹(ひ)かれて覗き込んでくる。

「メモか?　見たことない文字だな」

「僕の母国語」

「お前が作ったのか?」

「そ」

迷宮の情報に関しては結構細かく書き留めているんだけど——覗き込んでも字が読めないからそこはわからないだろう。

以前に調子に乗ってアシュレイさんに見せたら、翻訳してギルドに売ってくれと頼み込まれたことがある。手書きの情報はともかくとして、写真の視覚的な情報に関しては、かなり有用だったからだろう。もちろん売り渡してはいない。

やっぱりみんな写真の方が気になるらしくて、

「これ、すごく詳細な絵ですね……」

「これは絵じゃなくて、プリントアウトした写真」

トリスさんが詳細な絵と口にしたのは、この世界にはカメラや写真という概念がないからだろう。こっちの世界の人って必ずそうやって勘違いをする。まあ、映像を焼き付けるとか、映像を写すとか、原理を理解しても、それを受け入れられるかどうかってのもあるだろうしね。難しい。

「ミゲル、ちょっといい？」

「なんだ？　うわっ！」

ミゲルに向かってスマホでパシャリとする。暗いけど、ライトはちゃんと点けてるから、問題はなし。

「何すんだいきなり……つーか、いまのは？」

「これはカメラ機能。そっちの写真を作るためのものだよ」

そう言って、スマホの画面を見せる。すると、案の定みんな目を丸くした。

「え？　え？　なんですかこれ？　ミゲルさんがいる……」

「うおマジだ！　なんだこいつは……」

「これはさっき驚いたときの顔かい？　面白い顔してるね」

「いまの一瞬でこれが？　なんかの魔法か？」

「いえ、魔法ではないですよ。映像を残すっていうか……うーん、映像って概念もないだろうから、どう説明すればいいいんだろこれ」

僕が説明に困っていると、レヴェリーさんがピンときたようで。

「要は、いま見ているものを見たまま紙に写せるってことだね？　それで、そっちのメモには各階層とモンスターのありのままの姿が残っている、と」

「あ、はい。そんな感じです」

「……すごいね。これがあれば、モンスターの情報が細かく共有できる」

レヴェリーさんはすごく感心している様子。いまや僕たちは地上の生き物について写真や映像でその姿を事細かに知ることができるけど、カメラがない時代は人の描いた絵か口伝えでしかそれを把握することができなかった。僕には当たり前すぎて新鮮な驚きなんてないけど、この世界の人たちには、やはり驚愕するべきことなのだろうね。特に迷宮のモンスターの見た目の詳細を絵にすることなんてかなり難しいから、これが出回れば一大革命が起こるかもしれない。そりゃあアシュレイさん……いや、冒険者(ダイバーズ)ギルドも欲しがるわけだ。

レヴェリーさんがノートを見せて欲しいと言ったので、手渡す。モンスターの写真や階層の写真が気になったのだろう、パラパラとめくって「ほー」とか「へー」とか感嘆の声を上げていた。

そんな中、ふとミゲルがニヤニヤし始める。

「なあクドーよ」

「なにミゲル？　なんか顔がいやらしくなってるよ？　よからぬことでも考えた？」

「そんなことはない。それがとてつもなく素晴らしいものだということに気付いたのさ」

「そのこころは？」

「……それを使ったら、女の裸をずっと見ていられるなってな」

「うわっ、すぐそれに気付くなんて天才か!!」

「いや褒めるなって照れる」

「おお、確かにそうだな。それを使えばずっと紙に残しておけるな。ははは」

ミゲルの発想にランドさんも乗ってきた。一方、そんなしょうもない話を聞かされた女性陣はというと、

「やれやれ男どもはしょうもないこと考えるね……」

レヴェリーさんは、呆れて笑っている程度だったけど、

「変態変態変態変態変態変態……」

トリスさんは毒を吐き出した。でも仕方ない。男の子だもん。エロ話で盛り上がるのは至って普通のことだ。

「なんというかまあ、光源の件も、そのかめらだかしゃしんとかいうヤツの件に関しても、色々訊きたいことはあるんだけどな――あとにするか」

「そうだね。いまは迷宮の方に専念しようよ」

僕がミゲルにそう言うと、腕を組んで斜に構えていたレヴェリーさんが、

「ミゲル、それでいいのかい？」

「気にはなるが、あとでいいだろ？　どうせみんなで帰るんだし。そのときに訊けばよ」

「ま、それもそうか」

レヴェリーさんは気になっている様子だったけど、それ以上追及することはなかった。

やっぱりサバサバしているし、それに滅多なことでは取り乱さない感じだ。なんかミゲルよりリーダーっぽい感じがするのは気のせいだろうか。

　そんなことを思っていると、当のチームリーダーが訊ねる。

「それで、ルートはどうすんだ？」

「西側のルートに行こう。そっちはいつも僕が行く方だから慣れてるしね」

「西側か。そっちは確かボス級の部屋まで距離があったはずだな」

「でもこっちならモンスは『吸血蝙蝠』しか出ないからちょうどいいかなって。東とか北に側に進むと『影潜り』とか『吐泥鉱』が出てくるし、しっかり用意してない分、沢山のモンスと遭うルートはリスクもあるだろうから」

「西側、と」

「そうそ」

　出てくるモンスターの種類が増えると、それだけ対応の幅を広げなければならなくなる。そうなれば、半ば衝動的に潜行を決めた今回は準備足りず、リスクが高い。……まあ高いと言ってもミゲルたちチームと僕の力を総合すれば、ここのコモンモンスなんて危機感を抱くほどのものじゃないんだけど、ゆるく、まったり、楽しく、安全に潜るところがあるのであれば、そこを通るに越したことはないはずだ。

それに、『影潜り（シャドウウォーク）』はこの暗がりで背中から襲ってくるから怖いし怖いし超怖いし、『吐泥鉱（ヘドロタイト）』はこの階層では正直一番遭いたくないモンスターだ。コイツがここ【暗闇回廊】のひどい悪臭の原因と目されており、実際近づくと超臭い。戦う前に鼻がぶっ壊されるとかマジでほんと恐怖でしかないし。お前【屎泥（しでい）の沼田場（ぬたば）】の敵だろって何度思ったことか。できればというよりなんとしても遭いたくない敵だ。

僕とミゲルが話していると、ランドさんが口を開く。

「そうだな。確かに相手にしなきゃならんモンスターが増えるのは面倒だ。リーダー、俺はクドーの案に賛成だ」

「そうか。レヴェリー、ミーミルはどうだ？」

ミゲルが女性陣に訊ねる。二人も特にこれといった反対意見はないらしく、素直に頷（うなず）いて賛意を示した。

「じゃ、行こっか」

全員の了解を得たところで、道順を決めた僕が先導役として前に出る。いつも潜ってるし、階層の特殊性に左右されない光源（ライト）もあるから、一番前は適任だしね。

前方と上方、主に回廊の天井にライトを当てつつ、気を付けながら進んでいると、レヴェリーさんが声をかけてくる。

「見えにくいのに、ずんずん進むね」

「ここ、入り口辺りにはモンスは全然いませんし、それに僕にはこれがありますから」

そう言って、ライトを示す。やはり、これがあると心強い。あとは——そう、慣れだ。『吸血蝙蝠（ブラッディバット）』が近くにいると、かすかにだけどキーキーと声が聞こえてくるから、あとはそれにさえ気を付けていればいいのだ。

「ほんとに明るいなそれ」

「うん。こういうところ探索するのには、ほんとありがたいよ」

「ここももっと明るくできれば、探索もしやすいんだけどなー」

ミゲルのため息——全冒険者（ダイバー）の持つ悩みに対し、僕は別の解消法を口にする。

「一応見やすくするための魔法もあるよ」

その言葉に反応したのは、同じく魔法使いのトリスさんだった。

「見やすくする……やっぱり光を灯す類の魔法ですか？」

「違うかな。誰かに使ってみる？ ——闇視（あんし）スーパーアヌビス」

そう言って、すぐ後ろを歩いていたランドさんのゴリラ顔に魔杖（マジックロッド）を向け、汎用魔法をかける。

すると、ランドさんはやにわに大きな声を上げ——

「お、おおおお！」

「ランド？」

「これはスゲーぞ!!　周りが見える！　めちゃくちゃ見えるぞ！　うはははは」

いまランドさんには、回廊内の様子が、はっきりクリアに見えていることだろう。

さっきかけた魔法は、光を発生させて見えるようにするものではなく、暗いところでも昼間のように明るく見えるようにするという魔法なのだ。魔法の光で明るくできないなら「じゃー視力を強化というか改造して見えるようにしちゃえばいいじゃーん」という思考のもと作ったのがこれだ。

まーこれが結構見やすくなる。暗視装置とか比じゃないくらい。……ただその分、視力を上げたせいか、目が光の刺激に弱くなってしまうため、僕の雷の魔法が使えなくなるという欠点があり、普段は使用していない。もちろん試したわけじゃないけども、だって不安だし。

とまあ僕もこうやって魔法を作れるんだけど、便利だけど欠点もあるというのがよくあるから、そこんとこまだまだなぁと思う。その点、師匠の作った汎用魔法はすごい。大抵は、これといって欠点がなく使いやすいように作られているのだ。それがどれほど難しいか。さすが師匠鬼畜なだけある。

それにしてもランドさん、大興奮である。いいおじさんが年甲斐もなくはしゃぐって、なんか和むね。……なんかだんだんゴリラがウホウホ興奮して動き回ってる絵が思い浮かんできたのは言うまいよ。

他のメンバーにもかけてあげると、レヴェリーさんが口からほわっと感嘆の念を漏らす。

「そうか、光で照らして見えるようにするんじゃなくて、暗闇でも目が利くようにしてるのか。魔法使いは考えることが違うね」

しみじみしてるそんな中、ふとトリスさんが上目遣いで迫ってきていて、

「く、クドーさん！　この魔法、教えて欲しいです！」

「あ、うん。構わないけど」

「ほんとですか！　ありがとうございます！」

これは僕が作った魔法だから、教えることに抵抗はないし、別に構わないだろう。師匠に教えてもらった技術とかは、ちゃんと師匠に了解取る必要あるだろうけどね。

移動している間にちょいちょいと教えてあげると、秀才と呼ばれているのは伊達ではないらしく、すぐにものにして、

「すごいです！　これで【暗闇回廊】……いえ、【常夜の草原】の移動も楽になりますよ！」

トリスさんも、大興奮である。そしてミゲルも、

「これなら光源を大量に買い揃えなくてもいいし、使えるな。クドー、ありがとよ」

そう言って、嬉しそうに背中をバンバンと叩いてくるミゲル。痛い痛い。

「それ結構痛いからレベル38……あ、見えるようになった分、強い光には気を付けないといけないよ。まあ、ここじゃあ強い光なんて出せないけど、普段使うときの注意事項として一応ね」

使ったときに目によくない閃光だが——実質この階層でしかこの魔法って使わないし、強い光はこの階層出せないし、出せても雷が出せる僕だけだから……あまり気を付けなければならないことでもないいんだけどね。一応一応。対閃光防御は必要だ。

「吸血蝙蝠(ブラッディバット)もこんな感じで飛んでいるのでしょうか……」

「あ、コウモリは違うと思うよ? 音を出して、それが壁とか物に当たって跳ね返ってきたのを感じ取って、対象との距離とか測ってるみたい。暗いところにいるから基本目は見えないし」

「お前なんでそんなこと知ってるんだ?」

「吸血蝙蝠(ブラッディバット)じゃないけど、普通のコウモリで調べた人がいるからね。その研究の結果じゃない」

そんな説明をしている中、ふいに「キー」という、耳にキーンと来るような高音が、鼓膜に突き刺さってくる。

「——向こうに一匹逃げたね」

『吸血蝙蝠（ブラッディバット）』の存在をいち早く察知して、そう口にする。

そう、あいつらは光に敏感だ。斥候（せっこう）役の一匹が少しでも光を感じ取ると、すぐに群れのもとに逃げ帰り、仲間をわんさか呼んでくるのだ。飛び去って光で追えなくなったから、もう間もなくわっさわっさと飛んでくるだろう。

僕と同じように飛来を察知したミゲルが目を細める。

「来るみたいだが？」

「そうだねー」

僕がそんなやる気に欠けた返事をしていると、

「ミーミル、アンタもやってみたらどうだい？」

「私ですか？」

「まずは青の魔法使いのいいところ見せてやんなよ」

レヴェリーさんはそう言って、トリスさんを焚（た）きつける。するとトリスさんもやる気になって、

「わかりました。ランドさん、前、お願いします」

「おうよ」

そうこうしているうちに、第一波がわっさわっさと羽ばたきの音を響かせて飛んでくる。通常、『吸血蝙蝠（ブラッディバット）』が見えてくる頃には、すでに突撃姿勢に入っているので、見えてからでは間に合わない。それゆえ、詠唱などを先に終わらせる必要がある。トリスさんは魔杖（マジックロッド）を構えて詠唱を始め、ランドさんは盾を構えて前に出て、防御態勢。後ろではレヴェリーさんが弓に矢を数本単位で番（つが）えてスタンバっている。

「……ねえ、レヴェリーさんあれでちゃんと撃てるの？」

「おお、撃てるぜ。俺もなんでかはよくわからねぇけどな。なんでも怪着族の秘密らしいぜ？」

「他種族には物理法則とか関係ないんだね……」

耳長族の方もそうだけど、さすがである。この分だと獣頭族とか尻尾族にも、他種族にはないトンデモ技術とかあるんだろう。さすが異世界。とんでもなく出鱈目（でたらめ）だ。

「ちなみにミゲルは何してるの？」

「俺か？　俺は見てるだけだ」

「ええ……」

「仕方ねぇだろ？　軽装の俺があれに接近戦とか無謀だし。まあヤバくなったらナイフでも投げるさ」

と言って、腰元のホルダーから投げナイフを取り出した。なんだかんだ準備してるじゃん。

そんなことを話していると、

「魔法階梯第二位格（スペルオブセカンド）、水気よ波濤となりて白く打ち砕け（サフィアスバーグ）！」

トリスさんの呪文が完成した。あちら側とこちら側、闇と光の狭間にさながら霧のように空気中の水分が集まったかと思うと、その場で大きくうねり、大量の空気を含んだ白波となって『吸血蝙蝠（ブラッディバット）』にぶつかっていく。

だが、波にぶつかられても耐えたものもいるらしく、数匹が波間から突撃してきた。

もちろん、それらはレヴェリーさんの餌食だった。

『吸血蝙蝠（ブラッディバット）』はランドさんのもとへたどり着く前に、撃ち落とされた。

「やりました！」

「いい感じだね」

トリスさん、自信の感じられる喜びようだ。すると、ミゲルがわき腹をつついてくる。

「どうだ？　うちの魔法使いの実力は？」

「えっと、それを僕に訊かれても……」

僕には魔法使いの知り合いが……師匠とリッキーだけだからなぁ。比較対象がその二人だけだからわからないし、どう答えていいのかわからない。僕に関しては一発で全滅させちゃうから――それと比べればいいのだろうか。うーんだけど、それはそれで違うような気もするし……。

「ミゲル、次が来るよ」

「早速か。じゃあ――」

「オーケー。ここは僕に任せなさい」

「お、頼もしいな魔法使い」

「やっと紫の魔法が見れますね」

トリスさん、わくわくである。

ちょうどいいので、色気を出してこのあいだ師匠に習った技術を試してみることにした。以前習ったのは属性魔法の同時行使と『フォースエソテリカ』の二つ。今回使っているのは、属性魔法の同時行使だ。

魔法には範囲やら単体対象やら複数用やらと色々あり、規模が大きくなるにつれて位格も上がる。そしてそれに比して、魔力の消費もかさんでくる。だけどこの技術を用いて位格の低い属性魔法を複数使えば、位格が高い強力な魔法をいちいち使わなくてもいいため、その分ロスが少なくて済むのだ。

というわけで、魔法の複製およびその同時行使である。

「魔法階梯第三位格、雷鳴よ球に代わりて鳴り渡れ！　複写展開！」

闇の中から続々と姿を現す『吸血蝙蝠』に向かって、呪文を叫ぶ。

すると、急降下してくる『吸血蝙蝠』の前に魔法陣を伴う紫の球体が――通常は一つのところ三つも出現し、それが猛然と迫る『吸血蝙蝠』に稲妻を浴びせかけた。

爆竹が破裂するような、音を数十倍大きくしたような音が辺りに響き、耳朶を揺るがす。閃光と轟音が白煙と共におさまると、石畳の床には沢山の『吸血蝙蝠』の成れの果てが転がっていた。

「おっしまーい」

雷に打たれたため、綺麗な姿のままだけど、中身の方は黒焦げだろう。雷の魔法は強力だ。手加減が利きにくいから、使用はちゃんと考えないと結構マズいんだよね。

第三波は――来ないようだ。これで打ち止めらしい。

靴でふみふみして、電気が残っていないか確認し――まあ僕には効かないんだけどね。

ナイフを使って核石を取り出す。グロ。でも大丈夫だ。動物の解体はユアチューブで見てるから耐性は付いてる。ROMってるのは伊達じゃない。

さっきの魔法は後ろにもそこその衝撃を与えていたらしく、

「いまのが、アメイシスの鉄槌(てっつい)……いや、雷か」

「光の枝というか槍というか……」

「全部倒しちまうとは豪気だな。火力ならありゃあ赤の魔法に匹敵するぞ？」

ミゲル、レヴェリーさん、ランドさんがそんなことを口にしたあと、トリスさんが、

「……すごい」

「へぇ？　やっぱりミーミルの目から見てもすごいんだ、アレ？」

「すごいなんてものじゃないですよ！　あの属性魔法もそうですけど、同じ魔法を複数同時に行使してるんですよ!?　メルエムでもあんな魔法の使い方できる人なんていませんん！」

「そ、そうなんだ。それはすごいね……」

「そうなんです！」

「あ、ああ……うん、よかったね」

トリスさんの前のめりな勢いに、レヴェリーさんが若干引いている。

だがそれについては、僕も地味に驚いている。魔法の教育機関が置かれた都市でも見か

けない技術となると、これを基礎だと言って教えてくれた師匠は一体何者なのか。

僕が不思議がっていると、ふとトリスさんがキラキラした目で僕を見つめてきて、

「クドーさん！　いま使ったのは第三位格級でしたけど、もしかして第四位格級も使えるんですか？」

「え？　あ、うん。まあね」

「すごいです！　クドーさん！　私に魔法を教えてください！　いえ、私をクドーさんの弟子にしてください！」

「いやー、それは申し訳ないんだけどダメかな。僕もまだ人の弟子だし、そこまで魔法を極めたって思ってないから」

「あんなに途轍もない技術を持っているのにですか？」

「あー、うん」

途轍もない技術…………となるのだろうか。僕は師匠に教えられてから結構簡単に使えるようになったから、さっきも言ったように比較対象がなくてそこんとこよくわからない。だけど、トリスさんはやっぱりすごいものでも見ているかのような目の輝きよう。

トリスさんに一挙手一投足を観察されながら歩いていると、

「無駄口はそろそろ控えな。そろそろだよ」

そう言ったのはレヴェリーさん。後衛を任せられていることもあり、人一倍気配に敏感なのだろう。確かにもう間もなく、ボスの縄張り近くだ。

一方、気配に敏感というのはミゲルも想像したらしく、

「さすが感じやすいだけあ——ぐへっ」

「無駄口叩くなっていま言ったばかりだろ。このバカ」

よくまあそんなことすぐに思い付くなと思うけど——ミゲルは下ネタに走ったため殴られた。こういうところを見るとほんとリーダーなのかと疑問に思ってしまうけど……みんながミゲルのところに集った理由というのは、こういうところじゃないんだろう。

するとレヴェリーさんがトリスさんに声をかける。

「ミーミル。あたしの矢をおくれ」

「はい。出しますね」

トリスさんはそう言うと、虚空(こくう)ディメンジョンバッグから、ランスみたいな矢玉を取り出した。

……そう、ランスみたいな矢玉だ。

「……えっとこれ、矢なんですか?」

「ああ。ボス級(クラス)相手なら、これくらいないとね」

「ひえー」

レヴェリーさんが持ち上げた矢玉を見て、僕は戦慄を禁じ得なかった。だって矢玉がデカすぎる。こんなのモン○ンでしか見たことないもの。ランドさんの得物もごっついメイスだから凶悪極まりないけど、レヴェリーさんのもこれ相当だ。刺さったら――というか、こんなもんが当たったら身体が吹っ飛ぶとかそういうレベルだマジこえーですよさすが怪着族。トリスさんがそれを五、六本取り出すと、レヴェリーさんはひょいっと軽々担いだ。

……たぶんおそらく、このチームで一番強いのは彼女だろう。レベルは32で僕よりも二つ低いけど、種族的な強さはそれを軽く凌駕するということがよくわかる。もしかしたらスクレールよりも強いかもしれない。すげー。

……そんなこんなで縄張り付近でライトを消して、そろっと角から覗いてみると――いた。

暗闇の中に漂う赤い両眼。今回はボス部屋に引っ込んでいないため、燭台などの光源がないから、それがはっきりと見える。

ここ、迷宮深度30【暗闇回廊】のボスである山羊頭の怪物だ。

第21階層　突撃！　ガンダキア迷宮第2ルート！　その4

──『四腕二足の牡山羊（フォースアームゴート）』。ここ【暗闇回廊（くらやみかいろう）】に縄張りを置く、黒山羊の頭を持ち、四本の腕を自在に操る人型のボスモンスターだ。半獣半人だけど、獣頭族とはまるきり違う雰囲気を醸し出していて、筋骨隆々で目測で三メートルはあろうかという巨大な立ち姿。しかも腕が四本付いていてそれぞれの腕に武器を携えているという、まったく要らないおまけ付きだ。それどこから調達したんだってツッコミが入る案件だけど、こういう人型モンスターってなぜか武器持ちで湧いてくる。なんでなのかは色んな人に訊いたけど、みんな「そんなもんだから」と口を揃えて言うくらい解明されていない。

……ちなみに、ほんとちなみにだけど、あれが『牡山羊』と断定されているのは、あれだ。出てくる奴全部に『ピー』がぶら下がっているからだ。ここで言う『ピー』がなんなのかはあえて言わない。察して欲しい。むっちゃグロいとだけ付け加えておこう。

光を消して目が慣れてくると、強いモンスの出す妙なオーラみたいなのと相俟（あいま）って、まあ見たくなくても見えてしまうのだ。うげぇ。

「うーわー、やっぱりすごい筋肉だよ……」

僕が努めてそれに触れず、白々しくもモンスの感想を述べると、下ネタ大好きな『赤眼の鷹(ホークバッカス)』のリーダーさんは、そんな僕の努力をあざ笑うかのように問題のワードを口にする。

「やっぱでかいなーあいつの（バキューン）はなー」

「——!? み、みみミゲルさん！ そういうこと言うのやめてください！」

「お？ どうした？ ミーミルはそんなに（バキューン）が気になるのかよ？ ん？」

「ミゲルさん!!」

「そりゃあれだけデカいとなー」

「あああああああああ！ もうぅぅぅぅぅぅぅ！」

トリスさん、ボスのアレを見て顔を真っ赤にしている。まあ女子があんなの見せられたらそんな顔にもなるか。一方レヴェリーさんはぶら下がってるものにも余裕綽綽(しゃくしゃく)である。まあ、あれだ。恋人がいるかいないかで差があるのだろうと思う。というかミゲル、セクハラはそこまでにしておきなさいって。

……さてどうやら、『四腕二足の牡山羊(フォースアームゴート)』はさほど周囲に気を配っていないらしく、のっしのっしと【暗闇回廊】の屋外、廊下に面した広い庭園を漫然とうろついているだけだ。

大抵は以前のように燭台がいっぱいある多少明るいボス部屋――つまりねぐらにいるんだけど、今回は庭先に出てきているため、以前と違いちょっと視覚的に心もとない。

ここから飛び出せば、『四腕二足の牡山羊』はすぐさま気付くだろう。だからいまが、戦う前の準備ができる最後の時間なのだ。

「あ、そうそうこれこれ」

さて安全に関するリソースをどうやって増やそうかと考える中、ふとあるアイテムの存在を思い出し、虚空ディメンジョンバッグから袋を取り出した。

それをミゲルに渡すと、彼はその中身を見て、驚いた表情をする。

「ん？　なんだこいつは――って!?　あ、おいクドー！　こいつは!?」

「それ、なんかのときのために、一人一つ持ってて――あ、使わなかったらあとでちゃんと返却してもらうから、そこんとこよろしくで」

そう言うと、ミゲルは呆れのため息を盛大に吐く。他の面々も、どうかしたのかとそれを覗き込んできて……まあ驚くよね。

「ちょっとこれは予想外だったね……」

「ごっ、ごごご……」

「ゴールドポーションかよ！」

「クドー。お前これ、この量いったいどうやって調達したんだ？」

「作りましたー」

そう言うと、時間が止まった。まあ、その反応は一応予想してたけど。

「そうかよ。あの熱狂騒動の犯人はお前なのか」

「えへへ……」

とぼける僕の頬っぺたをぐにっとつねってくるミゲルさん。

「えへへじゃねえよ。えへへじゃ……」

「いへへ、いひゃいいひゃい――ほら、そんなことよりも、みんなどうぞどうぞ」

と言って一人一つ、所持を勧めると、ふとレヴェリーさんが顔を青くさせる。

「あ……いや、あたしは遠慮しとくよ……」

「え？　いらないんですか？　ポーションですよ？」

「いやね、ほら、あたしにはミーミルがいるから。怪我したらミーミルに治してもらうよ。ね？　ミーミル」

「はい」

レヴェリーさんは、ポーションが嫌いなのか、断固として受け取らない。瓶にさえ触れたくないようで、身を大きく引いている。嫌な思い出でもあるのだろうか。そこんとこよくわからないけど。まあ本人が嫌なら、無理強いしたってしょうがない。

「それで、作戦はどうするの？」

僕がそう訊ねると、ミゲルが答える。

「今回は即席チームだからな。細かい連携とかはない。後方――魔法が届いてかつ、確実に命中する距離で魔法を準備しててくれ。汎用魔法は戦う前にかけられるだけかけて、効果が切れたらその都度適宜再使用だ」

「つまり、基本的にはミゲルたちのやり方で消耗させて、折を見て僕がとどめを刺すってワケね」

「そうだ。それなら単純でやりやすいだろ？」

「そうだね」

ミゲルの言う通りだ。細かい連携なんてできないから、単純な形にしてもらえるとありがたい。

「あと、お前の魔法の注意事項は？」

「注意事項は……トリスさんの魔法かな？」

「私の魔法ですか？」

「うん。僕の属性魔法の雷は、水に通電――魔法が水を通して伝わっちゃうから、大量に水をばら撒かないようにしてくれると助かるかな。あと、僕が撃つ直前は、水に近づかない」

水タイプは電気タイプに弱いしかり。風呂場の電気コードしかり。水は電気をよく通すのが常識だ。たとえトリスさんの魔法で出す水が純水だとしても、それは同じこと。魔法で発生させた雷は、人間の想像が多分に加味されるため、雷とは似て非なるものになるのだけど、曲がりなりにも雷だから高電圧なのに変わりはない。空気も純水も絶縁はぶっ壊されて、そのままドカーンと伝わってしまうのだ。手加減のない魔法に晒されれば、人間なんて即死する……はずである。

「要は、とどめの前はしっかり離れて水分に近づかないことが肝要だと」

「お願いしまーす」

基本、水に触れていなければ大丈夫だ。魔法の雷は向かう場所も設定できるから、近場の金属に落ちることもないしね。

「よし。汎用魔法で強化に入るぞ。ミーミル、頼む」

「わかりました。えっと……」

トリスさんは遠慮がちに僕の方を見る。あれだ。僕のかける汎用魔法との兼ね合いがあるから、相談したいってところだろう。

僕の汎用魔法の枠は六つだ。まず前衛にかける魔法として『専心コンセントレートトリアクト』『強速ムービングアクセル』あたりは必須だから――

「トリスさん。汎用魔法の枠は？」

「私は三つです。いつもコンセントレートトリアクトをミゲルさんに、ストロングマイトをランドさんに、フィジカルブーストをレヴェリーさんにかけてます」

ミゲルが反応速度上昇、盾役のランドさんが身体強度向上、弓で力の必要なレヴェリーさんが筋力強化だ。各役に必須なのを一つずつかけているのだろう。

「じゃあミゲルにコンセントレートトリアクトとムービングアクセル、ストロングマイトをお願い。あとは僕がやるよ」

「え？　あ、はい……」

トリスさんの戸惑いがちな返事を聞きながら、僕はまずランドさんに、

『専心コンセントレートトリアクト』

『強速ムービングアクセル』

『堅身ストロングマイト』

の三つをかけ、反応速度上昇、敏捷速度上昇、身体強度向上。

レヴェリーさんに、筋力強化、反応速度上昇、事象確率の調整である、

『強身フィジカルブースト』

『専心コンセントレートリアクト』

『調律チャンスオブサクセサー』

をかけた。

すると、レヴェリーさんが不思議そうな顔をして訊ねてくる。

「チャンスオブサクセサー？　なんだいそれは？　ミーミル？」

「わ、私も知りません。聞いたことのない汎用魔法です……」

「あれ？　知らないですかこれ？」

「初めて聞くよ」

どうやら二人共……というかメンバー全員、初耳らしい。

『調律チャンスオブサクセサー』。この汎用魔法は師匠に教えてもらったものだ。もとは魔法使いが魔法を使う際、不測の、微視的な要因で失敗することがないよう、それを払拭するために開発されたものだという。そのため、運に左右されることがある事象には大きな効果があるという。当たるとか当たらないとかは、その最たるものだろうね。運がよくなり機会チャンスができるのではなく、どちらかと言えば不運に左右されなくなり、その分が機会チャンスとなるのだ。

それを伝えると、ミゲルが残念そうに、

「なんだ。まぐれ当たりがなくなるのかよ」

「あたしはありがたいね。まぐれ当たりよりも、相手のまぐれやおかしな要因で外すってのが少なからずあるからさ。あとはあたしの腕だ」

レヴェリーさんには、この魔法の重要性がわかったらしい。サバサバとした性格で粗野っぽい見た目をしてるけど、実際この人、理知的でかなり冷静だ。なぜこの人がリーダーじゃないのか。やっぱりお腹空かせちゃうからか。食べ物全部食べちゃうからか。

「リーダー、こんなにかけてもらったのは初めてじゃないか？」

「だな。やっぱ魔法使いは重要だわ」

「うう……私の倍かけてる……」

いまのでトリスさんの自信を砕いてしまったか。申し訳ないけど、僕にはどうしようもないことだ。もしできるようになりたいなら、まずはあの地獄のような特訓を生き残らなければならない。あくまあくまあくま……。

「じゃ、行くぞ？　全員、心の準備はいいか？」

ミゲルの確認に、みんな頷く。僕は後詰めだからさほど気張る必要もなく余裕なんだけど。先行する『赤眼の鷹』の面々は、ミゲルを先頭にして曲がり角から

『四腕二足の牡山羊（フォースアームゴート）』目がけて飛び出した。

曲がり角の先から、聞こえてくる巨大な唸り声――いや、砂や塵（ちり）を吹き飛ばすほどの『咆哮（ハウリング）』だ。それをやり過ごした僕は、ミゲルたちに続いて曲がり角から戦場へと飛び出す。

しかして、目の前に広がった光景やいかに。すでに庭園はミゲルたちの手でところどころに光源が投げ置かれ、先ほどよりも視界が利きやすくなっている。位置取りは済ませているようで、『四腕二足の牡山羊（フォースアームゴート）』の正面にはミゲルとランドさんが張り付いて、四腕からなる攻撃を捌（さば）き、レヴェリーさんとトリスさんは後方で、射線が十字になるように距離を保ちつつ動いている。

さながら、魔王に挑む勇者一行だ。なんというかこの前からそればっかりでボキャブラリーが乏しい気もするけど、ボスモンスの姿と相俟（あいま）ってそんな感じなのだ仕方ない。

そして、ミゲルたちの立ち回りと言えば、

「うわ、すごいや……」

という言葉しか出てこない。それくらい、連携ぶりが洗練されていた。前衛二人はよく動いて『四腕二足の牡山羊（フォースアームゴート）』を翻弄し、その合間を縫って、遠距離攻撃専門の二人が徐々に傷を与えている。具体的には、ミゲルが正面で一定の距離を保ちつつ戦って、レヴェリーさんとトリスさんは必ず射線が十字になるように意識して位置取りをして、ランドさんは常に『四腕二足の牡山羊』とトリスさんの間に入るように動いている。ランドさんが受けに入り、その間、ミゲルは左右に回って足を切りつけたり、二人とも急に後ろへ下がったりしたかと思うと遠距離二人の十字集中砲火である。

ほんと見事と言うほかなかった。中でも特にミゲルが際立っていて、正面で戦いつつも、常に状況を見極めて、他の三人に逐一指示を出している。戦いながらだ。目が後ろに付いてるんじゃないかってくらい周りを見ていて、ちゃんと自分の攻撃も忘れずに敵の隙を突いているのだ。それだけ余裕があるのは強化の恩恵があるからとも言えるだろうけど、それを差し引いても頭の回転が速い。

有能が服を着て歩いてるとかそんなレベルだ。『ノブヤボ』だったらきっと統率が120くらいある。防御たっけー城壊せねーで、敵に回すと腹立つことこの上ないだろう。

僕がミゲルすげーってなっていると、

「おいクドー！　ぼさっとすんなよ！」

「ごめーん！　すっごい見とれてたー！」

ぼけっとしていたのがわかったか。さすがである。でも、しかたない。連携が見事すぎるのがいけないのだ。いや見とれてた僕が悪いけどさ。

「――ほらほら腕が四つあっても脳みそが足りてねぇぜ？　俺の言ってることわかるかよ？　お？　お？　お？」

汎用魔法の恩恵があるため、余裕があるのか、ミゲルが挑発を織り交ぜる。言葉は通じないだろうけど、舌を出して薄笑いを浮かべてれば、いくらモンスターでもバカにされているということくらいはわかるのだろう。しっかりヘイトを引きつけていて、他三人には見向きもしなくなった。というか剣一本で四本腕を捌くなし。化け物かお前は。

ミゲルが『四腕二足の牡山羊（フォースアームゴート）』を引き付けて離れ始めると、レヴェリーさんが指示を飛ばした。

「ミーミル、足だよ！　足を狙いな」

「は、はい！　わかりました！」

トリスさんと連携を図ろうとしているようだ。足元狙いは、デカい奴を倒すときの定石だ。当たり前だけど足元を狙えば体勢が崩れて、隙ができる。

足をからめとるような魔法の波と、鉄弓から放たれる豪速の矢との二方向からの足元への攻撃には、対応が間に合わないか。『四腕二足の牡山羊（フォースアームゴート）』はバランスを崩して膝を突き、矢を足に何本か受けている。だがそれでも動くことは可能なのか、すぐに立ち上がって、ミゲルやランドさんの攻めに対応していた。

ボスモンス相手にこうまで堅実な戦いができるとは、さすが超高ランクチーム。

だけど、やはり、

――火力が足りない、か。

そう、盤石な戦いぶりだけど、全体的に火力不足が否めない。それが、【黄壁遺構】での探索会議で、レヴェリーさんとランドさんが討伐反対を表明した理由だろう。

火力――そう、チームの火力の要である魔法使いの力が、深度30のボスに追い付いていないのだ。彼女のレベルが20前後、使用できる最高の魔法が第三位格級と考えれば、その評価が妥当だろう。魔法使いが一人で『四腕二足の牡山羊』を倒すなら、最低でも第四位格級は欲しいところ。普段ボス級を倒すときはおそらく、事前に倒すための用意をしてくるんだろうと思われ。

ミゲルの剣やランドさんのでっかいメイスが急所に当たればワンチャンあるけど、巨体なうえ腕が四つあるため、それを突破しての急所への一撃はやはり容易なものではないし、あとはレヴェリーさんが使っているバリスタ顔負けの大鉄弓くらい。しかし、いまのところはまだ普通の矢玉しか使っておらず、それも撃ち落とされている。やはり多腕を自在に使えるのは厄介だ。

もちろん、このままの状況を維持していれば、問題なく倒せるだろう。出血を強要していけば、いくらボスでもいつかは動けなくなるときがくるのだから。だけど、それでは消耗が大きい。しつこい話だが、迷宮探索では疲労と怪我が大敵なのだ。怪我を負ったり、疲労がかさんだりすれば、次の探索に支障が出る。安定的な迷宮探索をモットーとする冒険者（ダイバー）が迷宮に潜れないなど、笑い話にもならない。

「そこっ!!」

「GUOOOOOOOOOOOOOO！」

『四腕二足の牡山羊（フォースアームゴート）』が、ひときわ大きな叫び声を上げる。これまで普通の矢玉を使っていたレヴェリーさんが、ついにランスみたいな矢玉を放ち、そしてそれがボスの腕にぶっ刺さったのだ。痛そうとかいうレベルじゃない。もげそう。こわっ。

しかしていまの状況はと言えば、どうやらミゲルたちの戦術がハマったらしく、ある程度パターン化してきた。『四腕二足の牡山羊（フォースアームゴート）』はそこから抜け出そうにも抜け出せない。完全に封じ込められた形だ。

しばらくそうした戦いが続くと、やがて『四腕二足の牡山羊（フォースアームゴート）』の動きが鈍くなってくる。十分な疲労と出血量か。頃合いだろう。あまり急速に追い込みすぎると窮鼠（きゅうそ）猫を噛むよろしく、まだ余力があるからもう一暴れされる可能性があるし、動きの鈍くなり始めたいまがタイミングとしては絶好だろう。

こっちの魔力のチャージは十分だ。汎用魔法のかけ直しを考慮して構えていたけど、結局まったく何もしなかったし。

「さてと……」

魔杖（マジックロッド）をくるくると回して、先端のアメジストに魔力を集中する。

そして、過度に中二的な呪文を唱え、状態を維持。暗がりの周囲に、魔法陣が描かれる。

合図のように魔力を急激に高めると、やがてミゲルの指示によって全員が退避し——射線が開いた。

さすが超高ランクチーム。状況の見極めも素早い。下がったみんなにもっと大きく下がってくれと杖で指示を出して、一瞬の精神統一後、豁然（かつぜん）と目を見開いて呟くのは。

「……魔法階梯第五位格（スペルオブフィフィス）、天頂の槍よ振り落ちよ（ホライズンライトピラー）」

以前スクレールを助けたときは、第四位格級。だけど今回は、絶対に討ち漏らせないということもあり、念を押して僕が使える最高ランク『第五位格級』を選択した。

高出力、広範囲——もちろん集束させることも可能で、屋外限定。ちょうど庭園に出ていたこともあり、条件はすべて整っていた。

普段は見えないはずの先駆放電が魔法によって可視化され、その枝葉のような雷撃がいくつも『四腕二足の牡山羊（フォースアームゴート）』の巨体や、周囲の地面へと突き刺さる。

「おいクドー！　これじゃ――」

ミゲルは倒せないとでも言いかけたのかもしれないけど、その叫びが最後まで聞こえることはなかった。範囲が百メートル程度に集束された先駆放電のあと、地面から手が伸びたかのように放出された先行放電が『四腕二足の牡山羊（フォースアームゴート）』の足や腰を捕まえて――主雷撃が降り落ちる。

空から一筋――否（いな）、一柱の高電圧の光の塔が地面との間に形成されると、『四腕二足の牡山羊（フォースアームゴート）』は断末魔の叫びを上げる間もなく、紫と白光の中に呑（の）まれた。

やがて閃光が霧と共になくなったあとは、庭園に『四腕二足の牡山羊（フォースアームゴート）』の姿は跡形もなく、電気の蛇をまとわせた巨大な核石（かくせき）だけが、地面に一つ転がっていた。

……………やっぱり魔力を溜めるのに時間がかかる。第四位格級はまだチャージ時間に余裕があるけど、第五位格級は多く時間を必要とする。僕がこいつを一人で倒せるようになるには、まだまだ努力が必要だろう。

そんなことを考えていると、経験値（スコア）が因果の綱を通して入り込んでくる。戦っていたという事実が因果の綱となって、討伐者と討伐対象の橋渡しをし、そして倒すのにどれだけ貢献したかという事実に応じて、経験値（スコア）の入る量が変わるのだ。事実は揺るがないし偽れないから、正しく結果のみが反映される。

「さすがに上がらないか」

証明書(スコアカード)をくるくるともてあそぶ。今回の戦闘では、みんながみんなしっかりと持ち味を生かして活躍し、連携を取ったから、経験値(スコア)は均一に回ったと推測される。この前はスクレールと二人だったから、得た量は多かったけど、それでも今回も一般モンスを倒すときとは比べ物にならないくらいの経験値(スコア)が手に入ったと思う。

大量の経験値(スコア)を一気に得るのは、かなり気持ちいい。こう、パワーが溢(あふ)れる感覚がするのだ。たぶん「最高にハイ」ってあれだと思う決して性的に気持ちいいわけじゃない。

一方で、ミゲルたちの方はトリスさんが1レベル上がったくらい。

やっぱ嬉しいだろうなと思ったんだけど、意外にも彼女はなんか小さく震えているばかりで、喜んでいるというよりもなにかを恐れているといった風。『四腕二足の牡山羊(フォースアームゴート)』との戦いの恐怖が、あとから押し寄せてきたのだろうか。いくら魔法使い、冒険者(ダイバー)といえど、僕よりも年下の、それも気弱そうな女の子だから怖くなったって仕方ないか。

件(くだん)の『四腕二足の牡山羊(フォースアームゴート)』だけど、死体からはぎ取れるのは角くらいだ。肉は硬くて筋っぽくて食べられたもんじゃないらしいから放置。あ、あとぶら下がってるアレをちんもぎして精力剤にする薬屋さんとかいるらしい。

あとこいつは武器とか持って出現するんだけど、なぜかあれも倒した直後に消えちゃうんだよね。モンスターが出現する仕組みとかも、いろいろと調べて考察してみようかな。

武器持ってる奴って武器持ったまま出現するみたいだし、なんなんだろうね。

ま、今回は跡形もなく消し飛んだけど。残ったのは魔法でも壊せない核石の原石だけだ。

雷を受けたあとのモンスに対し、恒例の如く(ごと)ゲシゲシと蹴りを浴びせる。足の裏めっちゃチクチクするけど、もう大丈夫らしい。

「相っ変わらずでっかい核石だねー」

持ち上げてそんなボキャ貧な感想を口にすると、ホクホク顔で近づいてきたミゲルが訊ねる。

「この前倒したときのはいくらになったんだ？」

「あー、それ人にあげちゃったからよく知らないんだー」

前に手に入れた核石はスクレールの担保金および当面の生活費に変わった。返金の途中だから、一体いくらになったかはまだよくわからない。

「それは、助けたヤツにか？　それはいくらなんでもお人好し(ひとよ)すぎるだろ？」

「いや、まあいろいろあってさ」

そんな風に言ったけど、どうやら曖昧な言い方がよくなかったらしい。ミゲルは勘違いしたのか、

「トラブルか？　分け前取り返したいなら手ぇ貸すが？」

「大丈夫大丈夫。そういうのじゃないんだ。円満解決してる」

僕がそう言うと、ミゲルは「ならいいんだが」と言って納得してくれた。

そして、

「で、今回の取り分はどうする？」

「換金した分を五人で山分けとかでいいんじゃない？　ミゲルたちはチームだから、僕の取り分は五分の一で」

「……？　いいのか？」

「いや、それ以外に何かいい分配方法とかあるの？」

「いや、お前がいいならいいんだが……」

ミゲルさん、なんか戸惑い気味だ。というか五人で倒したのだからそれでいいと思う。僕だって特段活躍したわけじゃないし、むしろお膳立てしてもらって一発撃たせてもらっただけだから、苦労した覚えもない。まあ魔力の方はそれなりに消耗したけど、それは必要経費だし。

それに、友達と取り分で揉めるなんてしたくない。ミゲルは揉めるような分配なんてしないだろうしね。ミゲルは別の意味でいつでも揉めるけど。十回くたばれ。

……とまあ、そんなこんなで、僕たちは今回の主な目的を終え、冒険者(ダイバーズ)ギルドへの帰路に就いたのだった。

§

——迷宮深度30【暗闇回廊】ボス級(クラス)、『四腕二足の牡山羊(フォースアームゴート)』。

四腕を持つ特異なこのモンスターは、高深度階層のボスモンスターにふさわしく、強力だ。冒険者(ダイバー)の平均的なレベルを25前後とするならば、必要な数は最低二十人、そのうち魔法使いは五人以上揃えなければ倒せないだろうと、データブックに記載されている。高ランクのチームでもこれと戦う前には入念な準備を行い、前二日は休みを取ってコンディションを整え——それでも時折死人が出てしまうという凶悪な相手だ。

普通のチームならば、五人で挑むなどまず考えない。全滅する未来が目に見えているからだ。

少し前にも、このモンスターと戦ってほぼ全滅したチームがある。友人が『勇者のパーティーみたいだね』と評したチームと肩を並べ、新鋭の一角と言われた『カランカの星』というチームがあったのだが、これによって全滅させられたらしい。あまりにテンポよくレベルとランクが上がったため、調子に乗るばかりか傲慢（ごうまん）になり、実力を勘違いしたのだろうと言われている。

今回の潜行（ダイブ）でそんなモンスターに半ば衝動的に挑んだのは、以前から声をかけていた冒険者（ダイバー）の友人、クドー・アキラの本当の実力を知りたかったためだ。

迷宮で出会った当初は、いい機会だと思い中階層くらいで済ませるつもりだった。それは、友人のレベルがそれほど高くないと踏んでいたからだが、迷宮内を進むにつれ、その友人の異常性が際立ってきた。迷宮探索には前衛盾持ちを必要とする魔法使いであるにもかかわらず、低、中階層をほぼ戦闘を行わずに踏破。魔法使いが一人で相手をするにはまず荷が勝ちすぎる『吸血蝙蝠（ブラッディバット）』を鼻歌交じりに倒してしまうといった尋常では考えられないような潜行力を見せつけられた。

そして極めつけは、『四腕二足の牡山羊（フォースアームゴート）』との戦いだろう。

戦闘前、自分たちにこれまでにないほどの汎用魔法による強化を行ったのもそうだが、目を瞠（みは）るのはボス級（クラス）へのとどめだ。

そのとき確かに撃ち出された閃光は、まさに高レベルの魔法使いが撃つ魔法にふさわしいものだった。

初めは枝のような小さな閃光の槍がボスを貫くだけだと思い、非常に焦ったのを覚えている。まさか読み誤って階級の低い魔法でも使ったのか——そう思わせられたが、それがすぐにただの前兆だったということを思い知らされることになった。

枝のように伸びた閃光が、『四腕二足の牡山羊(フォースアームゴート)』の身体を貫き、周囲の地面や壁をしたたかに打って火花を発したかと思うと、その頭に、巨大な閃光の柱が降り落ちたのだ。

周囲に放たれた閃光と衝撃と、それが作り出した強風で、しばらく目を開けられなかったが、目を開けたときには暗がりの庭園が、友人の魔法の余韻で昼間のように明るくなっていた。

見たこともない魔法だった。ここフリーダで三年は冒険者(ダイバー)として活動しているが、これまで出会ったどの魔法使いも、あのような強力な魔法は使っていなかった。

一体あれはどの位階(レベル)の魔法なのか。甚(はなは)だ疑問に思うも、あの友人はそれについて終始なにも言わなかった。

だが、自分のチームにはそれを看破できる者がいる。

それはメルエム魔法学園で『三秀』に名を連ね、王国からの最上級の待遇を断って、フリーダに研鑽(けんさん)を積みに来た努力家、ミーミル・トリスだ。青の魔法使いで、回復魔法や特殊な青の魔法などを扱い、実力も将来性も有望な使い手である。

そんな彼女によれば、あれは『第五位格級』の魔法であるとのこと。

第五位格級と言えば、それこそおとぎ話に出てくるレベルの魔法だ。神たちがこの世に人間や眷属を生み出し始めた『始まりの時代』、最後の『世紀末の魔物』と呼ばれる強大な魔物を消滅させた魔法使いが使ったのが、第五位格級の魔法とされる伝説クラスの魔法だ。

「……すごいです。あんな魔法の威力、見たことがありません。属性もそうですけど、それ以上に使用している魔力の量が桁違いでした」

とは、看破したミーミル・トリスの言だ。

「そんなにか？」

「はい」

「学園にも？」

「……いません。学園にいらっしゃる『導師』の位を得ている先生方でも、使えるのは第三位格級で、稀有な才を持っていると言われている方がやっと第四位格級に手を出せると聞いています。あの頑健な『四腕二足の牡山羊』を倒すだけにとどまらず、一撃で消し飛ばす魔法を使うなんて、尋常じゃありません」

そう言って、肩を抱いてうずくまっている。『四腕二足の牡山羊』を倒してから、ずっとこれだ。初めて目の当たりにする第五位格級の魔法がよほど衝撃的だったのか、正面大ホールに戻ったいまも、そのときの余韻で小刻みに震えている。友人が心配そうに何度も声をかけていたくらいだ。その心配にも、齟齬(そご)があったがそれはともかく。

「どうだった？　あいつは」

正面ホールのテーブルに着き、椅子に座るチームの仲間に訊ねる。

「どうだったもなにもないよ。たぶんみんな思ってることは同じだ」

「だな。とんでもない魔法使いとしか言いようがねぇよ。あれだけの実力があるなら、他には取られたくねぇ」

「ああ、俺も今日ので強くそう思ったよ」

ランドの言葉に同意すると、ふとレヴェリーが訊ねる。

「なら、アンタは一体あの子のどこに目を付けたんだ？　その話しぶりだと、強い魔法が使えるから引き入れたんじゃないように聞こえるよ？」

「ああ、それか？　最初あいつに目を付けたのはな、なんていうか、引き留め役になってくれそうだなって思ってな」

「引き留め役？」

「そうだ。三人は知らないだろうが、あいつはこれまで、ろくに怪我もせずに迷宮に潜ってたんだ。半年も潜ってれば大抵の冒険者(ダイバー)はそこそこの怪我をする。にもかかわらずそれがないってことは、だ」

「危ない橋は渡らないって？」

「慎重なのさ。俺も気を付ける方だが、クドーはほら、根が臆病みたいでよ」

「……臆病って、あれでかい？　催眠目玉（スリープアイ）も吸血蝙蝠（ブラッディバット）も涼しい顔して倒してたのに？」

「あれは余裕で倒せるようになったヤツとか、自由に動けるようになった階層だから、耐性が付いただけだろ？　俺が『四腕二足の牡山羊（フォースアームゴート）』を倒そうなんて言い出したときは、レヴェリーやランドと同じようにあいつも反対してたしな」

そのときのことを思い出す。準備がどうとか、消耗が大きいとか、倒すための一発を持っているくせに、食い下がっていた。完璧を期するために。

それに、だ。

「そりゃああいつの魔法、第五位格級の印象が強かったけどよ、よくよく思い出してみろよ。【黄壁遺構】であいつは、ああすれば簡単に切り抜けられるとか、この時間帯は巡回してないとか言って、結局あいつは目的の場所に到着するまでほとんど魔法を使わなかった。それだけあいつの潜行（ダイブ）には計画性があって、魔法抜きに、それを実現できる技術を持ってるってことさ。今回は吸血蝙蝠（ブラッディバット）を狩るプランだったが、たぶん他にもいろいろとあるだろうな」

「リーダー、注目したのは第五位格級の魔法じゃなくてそっちなのかよ」

「当たり前だ。強い魔法を使うヤツなんざ、探せばいるんだ。俺がそれを重視してないのはミーミルを仲間にしたときにわかってるだろ？」

「そ、それは確かに……」

ミーミルは秀才と呼ばれるほどの使い手だが、他の魔法使いに比べ、モンスターを相手にするには火力が心もとない。もともと学園で専攻していた魔法が戦闘用ではなかったためだが――迷宮探索に必要なのは火力ではなく、その場その場に対応できる柔軟性だ。ミーミルは魔法使いにもかかわらず、前に出ていく度胸もある。自分のチームには、うってつけだったのだ。

だから、火力に関しては重視していない。それはやりようによっていくらでも補えるからだ。重視されるべきは冒険者（ダイバー）としての資質である。

「目だよ。戦うとき――戦ってるときのあいつの目付き、違っただろ？」

「はい。あれは戦う魔法使いの目でした」

「最初はほんわかした坊やだと思ったけど、確かにあれはそんな感じだね」

「ちょっとちぐはぐな気もするがな」

そこは確かに、ランドの言う通りだった。クドーは慣れたからだと口にしていたが、臆病さと実際に取れる行動に差があるのには、慣れでは済まされないものがある。臆病さを演出しているわけでもなし。ならばあの友人の根底に根差す何ゆえが、戦う覚悟を持たせているのだろうか。

　答えは出ない。だが、

「それで、メンバーとしてはどうだ？」

「あたしはオーケーだよ」

「はい。私も、是非」

「問題なしだ。むしろ入れないと大きな損失だな」

　加入に関しては、満場一致。

　迷宮で一番手に入れにくいのは何かと訊かれれば、素材でなく人材であるという。

　トップチームを目指す自身にとって、友人、クドー・アキラの加入は、必須だった。

エピローグ　哀れ、僕は捕まってしまった!

フリーダを散策していると、突然嫌な予感に襲われた。

こう首筋にピリッとっていうか、背中をゾワゾワっていうか、まあそんなのだ。

直後、その悪い予感は当たったというように、どこからともなく声がかけられる。

もちろんダッシュは間に合わなかった。

「おい、クドー」

「あれ?　幻聴かな?　なんか誰もいないのに声が聞こえるなぁ……」

「お前なぁ……そういうとこ相変わらずだな」

呆れの声が聞こえてくるけど、僕はそれを幻聴で押し通すことに決めた。

もはや嘘でもなんでもいいからでっち上げて、すたこらさっさと逃げ出したい。

「くっ、これはまさか迷宮探索の後遺症なのか……?」

「おふざけも大概にしろよ。(バキューン)をにぎにぎするぞ」

「ひぇ!　それはやめてくださいお願いします師匠!」

師匠の脅し文句に、僕の決意はあえなく打ち砕かれた。無理だ。そんなことをされたら耐えられない。世の男性諸君にはご理解いただけるだろうが、あれは耐え難い苦痛なのだ。

ということで、僕の前に現れたのは、あくま……ならぬ師匠だった。

いつものように黒い靄と黒い帯みたいなのに覆われていて、その全貌はわからない。どんなお顔をしているか、どんな出で立ちなのかも全然だ。

「……師匠、今日は一体どうしたんですか？」

「ああ、またイジメをしたく……いや核石が必要になってな。行きたいところがあるんだよ」

「ちょ、そこまで言ったらもう訂正する必要ないでしょ！　っていうか、いじめるつもりなんですか!?」

「ちょっと付き合えよ」

と言われるけど、イジメられては堪らない。

くっ付いてこられても僕は嬉しいだけだぞ。えへへへへ。

でも、ここはきっぱり断るべきだろう。

「いえ、今日僕はこれから予定があってですね。すぐに帰らないといけないっていうか」

「なんの予定だ？」

「…………」

僕は直球の質問に、言葉を詰まらせてしまった。なんだろう。何も思いつかない。こういうときにペラペラ言葉が出てくればいいんだけど、なぜか理由が思い浮かばなかった。

すると、師匠はかなり呆れた様子でため息を吐いた。

「……お前なぁ。そこは適当にでもフカすべきだろ？」

もうまるで下手な言い訳を口にする子供に、苦言を呈しているかのよう。

「いやぁ、ほら、僕正直ですから」

「よく言うぜ。予定があるとか言ったのは嘘じゃないのかよ？」

「えー、えーっと！　それで、どこに行くんですか!?」

「誤魔化しが無理やりだな。下手くそめ」

「いいから！　どこに行きたいんですか？」

僕が有耶無耶にしようとして大声を出すと、師匠が近づいてきて――

「いいところだ」

そっと耳元でささやいた。

『いいところ』と聞いて、男の子の僕が反応しないわけがない。

「え？　いいところですか？　そんな僕にはそういうのまだ早いですよー。えへへ……」

「そうか？　まあ、そうかもしれないな」

「そうですよ。でも師匠がどうしてもって言うなら……」

「そうかそうか。じゃあ行こうか。決定だぞ」

「ちなみに、どこですか？　やっぱりそういうお店が揃ってる街の西側とかですか？」

「は？　何言ってるんだお前？　迷宮に決まってるだろ」

「そうですか。じゃ、僕はこれで」

僕は目的地を聞いてノータイムで踵を返した。だって僕が考えていた『いいところ』と全然違う場所なんだもん。帰りたくもなるよ。

でも、師匠を取り巻いていた黒い帯みたいなのが、僕の身体を捕まえる。

「む、むぐー！」

「おいおい。さっき決定だって言ったはずだぜ？」

「……ぷはっ！　師匠！　卑怯です！　普通いいところって聞いたらそういうところを思い浮かべるに決まってるじゃないですか！」

「そうかもしれないが、普通女の方からそんなこと言わないだろ。言ってもそういうお店の店員くらいだし、まずいかがわしいお店に男女で行って何をするんだよ？　目的が迷子だぜ？」

「そうかもですけどー！　いーやー！」

僕は散々抵抗したけど、結局どうにもならなかった。僕のレベルではまだまだ師匠から逃れる術はないのだ。かなしみ。

「今日は『熊山嵐』の核石が欲しいんだよ」

「ざんとべあー、ですか？　僕の知らないモンスターですね。どこの高深度階層ですか？」

「いや、別にすぐに行けるぞ？　森の次だ」

「はい？　森って【大森林遺跡】ですよね？　あそこの次の階層にそんな名前のモンスターが出るって聞いたことありませんけど」

「だろうな。まあ付き合えよ。面白いからさ」

「えー」

と言いつつ、師匠に引っ張られながら付いていく僕。だって確かにちょっと面白そうだなと思ったんだもの。もしかしたら、僕の知らない場所に連れてってもらえるかもしれないじゃん？

そんなわけで、この日の僕は迷宮深度不詳【楽土の温泉郷】なる場所に連れていかれることになったのだった。

あとがき

皆様お久しぶりです。樋辻臥命です。お久しぶりでない方は、はじめまして！

『放課後の迷宮冒険者(ダンジョン・ダイバー)2～日本と異世界を行き来できるようになった僕はレベルアップに勤しみます～』をお手に取っていただき、本当にありがとうございます。

まさか趣味で書いたシリーズの続刊が出るとは思わずでして！　作者は大いに驚いている次第であります！

しかもその上コミカライズまでしていただいて……コミカライズの担当はあび先生で、主にニコニコ漫画さんとComicWalkerさん（ドラドラふらっとb）で公開されております｜。そちらもどうぞよろしくお願いします！

ともあれ『放課後の迷宮冒険者』書籍第二巻も、内容の方はまったりゆっくりとしたペースで進行しております。ＷＥＢ版との違いは、スクレールを現代日本に連れて行ったり、エルドリッドと冒険？　したりと、加筆もそこそこしております！

あと食べ物食べたり、食べ物食べたり、食べ物食べたり……（そればっか）。

そしてクライマックスは、アキラくんが冒険らしい冒険をしてくれます。

普段単独でダンジョンに踏み入っているアキラくんが、超高ランクの冒険者チームの冒険を学んだり、アキラくん自身の冒険の仕方を見せたりと、楽しい内容になっているのではないかと！　なってたらいいな！

では最後に謝辞といたしまして、ＧＣＮ文庫様、担当編集Ｋ様、イラスト担当のかれい様、株式会社鷗来堂様、応援してくださっている読者の皆様、本当にありがとうございます。

ファンレター、作品のご感想をお待ちしています！

【宛先】
〒104-0041
東京都中央区新富1-3-7　ヨドコウビル
株式会社マイクロマガジン社
GCN文庫編集部

樋辻臥命先生 係
かれい先生 係

【アンケートのお願い】

右の二次元バーコードまたは
URL（https://micromagazine.co.jp/me/）を
ご利用の上、本書に関するアンケートにご協力ください。

■スマートフォンにも対応しています（一部対応していない機種もあります）。
■サイトへのアクセス、登録・メール送信の際の通信費はご負担ください。

GCN文庫

放課後の迷宮冒険者（ダンジョン・ダイバー）②
～日本と異世界を行き来できるようになった僕はレベルアップに勤しみます～

2022年10月27日　初版発行

著者　樋辻臥命
イラスト　かれい
発行人　子安喜美子
装丁　森昌史
DTP／校閲　株式会社鷗来堂
印刷所　株式会社エデュプレス
発行　株式会社マイクロマガジン社
〒104-0041　東京都中央区新富1-3-7　ヨドコウビル
［販売部］TEL 03-3206-1641／FAX 03-3551-1208
［編集部］TEL 03-3551-9563／FAX 03-3551-9565
https://micromagazine.co.jp/

ISBN978-4-86716-349-8 C0193